用镜头书写文学情怀
——文学电影的界说

钟菁 王诗秒 罗茹 刘娜 著

四川大学出版社

项目策划：张伊伊
责任编辑：张伊伊
责任校对：宋　颖
封面设计：墨创文化
责任印制：王　炜

图书在版编目（CIP）数据

用镜头书写文学情怀：文学电影的界说 / 钟菁等著．
— 成都：四川大学出版社，2019.11
　ISBN 978-7-5690-3110-2

Ⅰ．①用… Ⅱ．①钟… Ⅲ．①电影文学评论 Ⅳ．
①I106.35

中国版本图书馆CIP数据核字(2019)第225151号

书　名	用镜头书写文学情怀——文学电影的界说	
	YONG JINGTOU SHUXIE WENXUE QINGHUAI——WENXUE DIANYING DE JIESHUO	
著　者	钟　菁　王诗秒　罗　茹　刘　娜	
出　版	四川大学出版社	
地　址	成都市一环路南一段24号（610065）	
发　行	四川大学出版社	
书　号	ISBN 978-7-5690-3110-2	
印前制作	四川胜翔数码印务设计有限公司	
印　刷	成都金龙印务有限责任公司	
成品尺寸	148mm×210mm	
印　张	6.375	
字　数	170千字	
版　次	2019年12月第1版	
印　次	2019年12月第1次印刷	
定　价	38.00元	

版权所有 ◆ 侵权必究

◆ 读者邮购本书，请与本社发行科联系。
　电话：(028)85408408/(028)85401670/
　(028)86408023　邮政编码：610065
◆ 本社图书如有印装质量问题，请寄回出版社调换。
◆ 网址：http://press.scu.edu.cn

扫码加入读者圈

四川大学出版社
微信公众号

序 言

电影是一门综合艺术，集各门艺术之所长，而文学的文化韵味深厚、历史悠久，艺术形态发展完整，在各种艺术中，文学与电影的结合最为紧密。关于电影与文学关系的探讨，几乎贯穿了整个电影发展史，直至今天，文学艺术依旧在源源不断地给电影这门年轻艺术输送灵感和养分。

本书的研究重点在于对"文学电影"这一概念进行界定和阐释，围绕这一中心话题，内容包括梳理文学与电影两种不同艺术门类的内在关联和本质差异、电影文学性的探讨、"文学电影"区别于其他电影形态的本质属性、"文学电影"的大致分类，以及目前"文学电影"存在的种种问题等。

研究"文学电影"，需要结合国内外大量电影文本进行分析，其中既包括文学改编类电影，也包括具有强烈文学性的非改编类"文学电影"。本书旨在通过横向对比，分析电影与文学在修辞学和传播学上的种种差别和内在联系；通过纵向梳理电影史上几次文学与电影相结合的高潮，厘清"文学电影"的定义。此外，本书还结合当下中国电影市场状况，将"文学电影"与商业娱乐电影进行对比，对当下"文学电影"面临的种种困惑进行分析，为今后的发展提出一些可供参考的思路。

以往文学与电影的研究焦点大多局限于作为艺术门类的文学和电影的外在特征的区别以及文学改编电影的各种现象，很少涉及二者的内在属性及其媒介在文本书写上的差异和联系。在目前有关文学与电影的交叉研究课题中,国内外大多数研究的重点都集中在"改编"上,探讨文学作品改编电影的方式方法、改编效果及其产生的影响。相较而言,国外更侧重于运用广义互文性和接受美学等理论进行研究,而国内长期讨论的重点都聚焦在电影艺术的独立性及其是否具有文学性上。

  本书的四位作者都是致力于电影研究的青年学者。其中,钟菁与王诗秒在第一章与第四章中对电影与文学的关系溯源、艺术体系内部的关系嬗变以及文学电影在当今社会的发展状况做了细致的梳理,以史论结合的方法总结和展望了文学电影的过去与将来;罗茹与刘娜重点以电影修辞学、电影符号学、电影叙事学以及互文性理论为研究工具,对大量的电影文本案例进行了深入剖析和学理阐释。本书最重要的创新之处在于第一次系统地提出"文学电影"这一概念,从修辞学和传播学角度对影像书写文学的方式方法进行了解释说明,并且对当下中国电影市场正在兴起的文学回归风潮进行了分析和评述。

  本书能够使我们对文学与电影的关系有更深入的认识,找出更多电影语法和文字语法可以互动借鉴的结合点,进而界定出一种全新的电影样式,以对电影创作市场的多样化发展有一定的指导意义。

目 录

第一章 "文学电影"的源头及发展…………………（ 1 ）
 一、电影与文学关系再梳理……………………………（ 1 ）
 二、美、法、中"文学电影"……………………………（ 24 ）

第二章 "文学电影"的概念……………………………（ 41 ）
 一、文学与电影的关系…………………………………（ 41 ）
 二、"文学电影"的概念…………………………………（ 56 ）
 三、"文学电影"的分类…………………………………（ 72 ）

第三章 "文学电影"的修辞手法与价值意义…………（ 97 ）
 一、从语言修辞到电影修辞……………………………（ 98 ）
 二、"文学电影"的修辞元素……………………………（106）
 三、"文学电影"的基本修辞策略………………………（125）
 四、修辞学视野下文学性与电影性的互动交融………（139）
 五、文学与电影的艺术共享……………………………（146）
 六、"文学电影"在当代存在的价值意义………………（154）

第四章 "文学电影"的困惑和启示……………………（159）
 一、文学母题的空洞……………………………………（159）
 二、"文学电影"的种种困惑……………………………（170）
 三、"文学电影"的未来之路……………………………（177）

结 语……………………………………………………（196）

第一章 "文学电影"的源头及发展

一、电影与文学关系再梳理

文学是什么？钱锺书把文学称为"天童舍利，五色无定，随人见性"；章太炎在《国故论衡·文学总略》中说"文学者，以有文字著于竹帛者，故谓之文。论其法式，谓之文学"；奥斯丁·沃伦与勒内·韦勒克在《文学理论》中称"文学是创造性的，是艺术性的"。毋庸置疑，文学是艺术之大宗，是七大艺术中历史最悠久、底蕴最深厚的一个种类。文学的诞生，几乎与文字的发明同步。戏剧、绘画、音乐、舞蹈等艺术种类在对美的理解、阐释等方面都或多或少受到了文学的影响。而电影作为七大艺术中最年轻、最新颖的艺术门类，自然与文学有着千丝万缕的联系。

第二次工业革命以后，人类社会进入电气时代，电力开始带动机器、取代传统的工具，并逐渐步入大众生活。发电机、电灯、电车、莫斯电报机等，各种发明层出不穷。留声机的出现和摄影成像技术的发展为电影的诞生打下了坚实的基础。经过一代代电影人漫长的探索，电影从最初的杂耍片段、纯粹的视觉奇观展示，逐步进入了艺术殿堂，得到了大众的认可。除了科学进步所带来的物质因素以外，这门技术真正升华为艺术的根本原因，是文学的介入和滋养。

19世纪末20世纪初是全球文学创作的一次高潮。第二次工业革命之后,世界各国的联系日益密切,不同地域的文化在经过激烈碰撞之后打破了隔离的坚冰,许多作家相继进入了创作的黄金期,出现了一大批文学巨匠。如法国的罗曼·罗兰,美国的马克·吐温、欧·亨利、海明威,印度的泰戈尔,日本的川端康成,中国的鲁迅等,文学领域的繁荣带动了诗歌、戏剧、歌舞等其他艺术领域的共同发展。电影作为一种新的艺术形式,自然而然地将学习借鉴的目光投向了文学。无论是电影的创作心理、叙事手法、表现素材,还是电影语法、传播机制,无不与文学紧密相关。

从某种程度上来说,电影成了文学在荧屏上的变形和延伸。电影是文学的另一种表现形式。法国电影批评家安德烈·巴赞认为"电影正在把与自己临近的各门艺术加工积累了几百年的丰富资源归为己有。因为它需要它们,也因为我们需要通过电影重新看到它们"①。文学赋予电影以灵魂,让它摆脱了新潮杂耍、摆弄技巧的玩物身份,真正有了艺术的内涵与精神。

电影与文学之间的纠缠不止于此,从属于艺术门类的电影与文学可以实现交互。我们可以从电影历史发展的纵向角度中梳理出许多有关电影与文学关系的观点,以此考察电影与文学在艺术发展史中的关系起源与逻辑思路。

在中国,电影与文学经历了一个纵向的发展过程,两者互相影响、互相渗透,在保留既有艺术本质的前提下,两者跨学科交互的成果熠熠生辉。文学与电影之间的关系一直为学者所讨论,苏联学者罗姆在其著作《文学与电影》的开篇就写道:"电影是一种很年轻的艺术,在它出现以来的短短数十年间,不断地承受

---

① 安德烈·巴赞:《电影是什么?》,崔君衍译,中国电影出版社,1987年版,第108页。

着相近的各种艺术的强烈影响。"① 电影被称为一种综合的艺术，它集合了其他艺术门类所具有的特征。在此基础上，电影还集结了在其他门类艺术有机集合之外的独特艺术特征。罗姆还认为："像戏剧和小说一样，电影也是反映生活的，且在反映生活的同时，电影也逐渐积累起自己的艺术手法，创造出自己特殊的表现手段，这些表现在我们今天已至于高度完善的境地。"② 罗姆的观点也说明了电影作为一门综合艺术与其他艺术的关系，以及电影艺术的独特特征。

电影与文学存在着什么样的有机联系呢？与其他艺术门类之间的联系相比较而言，文学与电影之间是不是还存在着独有的、特别的联系呢？电影与文学之间的有机联系，也是最初的联系，就是改编。文学相对于电影而言，在起源时间与发展程度上都可谓是一种古老的艺术样式。从文学到电影的改编在电影创作之初就已经开始了，文学作品的电影化是电影与文学建立的第一种联系。"在所有的文艺样式中，最能吸收、移植他种艺术的莫过于电影了。电影改编担负着普及文学名著，开拓电影自身题材和艺术表现领域的使命。从电影的发展历程来看，改编电影在影坛一直占据着极其重要的地位，所以改编在今天越来越被看作是一门很有实用价值的学问。探讨改编这门学问，已经成为电影剧作中一个重要课题。"③ 电影的改编不仅是一种电影剧本创作的常态，甚至已经成为电影创作者在剧作学习中的一门重要课程，成为重要的电影创作学问。

电影的改编使我国电影创作出现了"文学作品的电影化"，这样的说法本身已经肯定了电影与文学之间跨门类的创作可能

---

① 罗姆：《文学与电影》，富澜译，艺术出版社，1954年版，第1页。
② 罗姆：《文学与电影》，富澜译，艺术出版社，1954年版，第1页。
③ 刘金铺、宋家庚：《电影艺术与电影文学》，山东文艺出版社，1990年版，第226页。

性,以及双方在艺术创作、艺术审美过程中的关联性。"'文学作品的电影化'讲的就是文学作品改编为电影文学剧本的问题。文学作品通常包括小说、诗歌、散文和剧本。"① "被称为电影先驱的法国著名导演乔治·梅里爱,于1902年在作为特技摄影试验的影片里,就已把儒勒·凡尔纳和威尔斯的科学幻想小说改成电影片《月球旅行记》。他还拍摄了《浮士德》、《鲁滨逊漂流记》和《格列佛游记》。本世纪初,美、法、英、苏等国将不少世界名著几乎都搬上了银幕,其中有五、六十部名著一改再改。"② 可以想见,"经典"文学作品不仅是文学艺术的瑰宝,在跨门类艺术的创作中,也受到了电影创作者的青睐。具体的统计数据更能清晰地体现出这一点:"高尔基的长篇小说《母亲》曾先后5次搬上银幕,《汤姆叔叔的小屋》19次,《哈姆雷特》17次,《罗密欧与朱丽叶》19次,《卡门》20次,《茶花女》23次,《悲惨世界》先后分别被法国、英国、美国、墨西哥、苏联、日本、印度等国改编,版本众多。此外如大仲马的《基督山伯爵》、《三剑客》,雨果的《巴黎圣母院》,列夫·托尔斯泰的《战争与和平》、《复活》、《安娜·卡列妮娜》等均拍摄两次以上。"③ 改编名著已经成为电影创作的一种重要手法。

电影改编这种电影与文学的直接勾连不仅能给电影带来文学的先验型的经验逻辑,而且能为电影艺术的发展、电影文化的传播奠定观众基础,提供传播助力。文学作品的电影化除了艺术价值的再次实现之外,在商业价值的实现上也具备一定的优势。经

---

① 刘金铺、宋家庚:《电影艺术与电影文学》,山东文艺出版社,1990年版,第226页。
② 刘金铺、宋家庚:《电影艺术与电影文学》,山东文艺出版社,1990年版,第226、227页。
③ 刘金铺、宋家庚:《电影艺术与电影文学》,山东文艺出版社,1990年版,第227页。

典文学作品本身拥有良好的读者基础，有助于引发观众对电影的热议，电影拍摄完成之后的上映状况可想而知。无论是前期文学作品所奠定的观众基础，还是电影营销引发的观众的好奇欲、窥视欲，都能为电影文化的传播带来经济效益。

古典作品、经典文学作品的改编在我国比较普遍。传统艺术为中国电影的内涵建设与文化发展提供了助力。"在我国，建国以来也陆续把古典作品、'五四'以来的文学名著及当代优秀作品搬上银幕。（如鲁迅的《祝福》《阿Q正传》《伤逝》，茅盾的《林家铺子》《子夜》，老舍的《骆驼祥子》《茶馆》，巴金的《家》《春》《秋》《寒夜》，曹禺的《雷雨》《日出》《原野》，以及《早春二月》《红旗谱》《青春之歌》《红日》《暴风骤雨》《万水千山》《林海雪原》《李双双》《洪湖赤卫队》《苦菜花》《天云山传奇》《人到中年》《人生》《高山下的花环》《灵与肉》等等。）正是这些改编的电影为我国影坛增添了许多光彩。我们可以无愧地说，没有这些改编的电影，我国的电影艺术成就就会逊色得多。我国广大电影观众是欢迎改编电影的，以第六届《大众电影》百花奖为例，三部获奖最佳故事片竟全部是改编作品。"[①] 中国电影的改编历史更是从电影剧情片诞生之初延续到当下。中国不同时期不同类型的文学作品为中国电影创作提供了丰富的素材，中国经典文学中的内涵意蕴也深刻地影响了中国电影的创作。这种植根于电影创作者思维中的文学性到底在多大程度上影响了电影创作，我们很难用具体的数据来说明，但不可否认的是，即使是在电影发展成熟的当下，电影艺术的创作也与文学艺术有着千丝万缕的联系。

在法国学者菲兹利埃看来，文学与电影的关系需要通过两者

[①] 刘金铺、宋家庚：《电影艺术与电影文学》，山东文艺出版社，1990年版，第227~228页。

的相互影响来进行讨论和论证。"文学和电影的关系可以归结为两大问题：电影能够为文学带来什么？文学能够为电影带来什么？"[①]菲兹利埃并没有对第一个问题做出具体的阐述，因为相比于第一个问题而言，从历史的发展来看，文学对电影产生的深远影响，在深度和广度上远远超越了电影艺术在早期对文学艺术的影响。因此菲兹利埃所探讨的核心问题更多的是在"文学（文学知识、文学经验和文学思维）能够为电影家、电影创作者提供什么样的素材和手段"[②]。在菲兹利埃看来，文学对电影的影响存在于文学知识、文学经验和文学思维三个维度之中。文学知识本身包含了在长期发展之中的诸多内容文本，内容文本在电影艺术中的运用就体现在改编这一手段之上。"一提到文学带给电影，首先就会想到改编（简直是不假思索）。当然，为了一种抽象的美学而排斥改编，恐怕也是徒劳的。"[③]因为改编手段能够直接为电影文本内容提供文学知识的帮助和借鉴。文学电影化的最初形式就是文学作品到电影作品的文本改编。但是，即使在文学知识的提供上，我们也可以明确："我们应该看到，文学除了能够为电影化的移植提供作品之外，它还能够（而且首先能够）为真正的银幕创作提供丰富多样的题材和形式：神话和传奇、主题、情境、体裁、风格、美学观念，尤其是语言风格、人物心理和读者心理等方面的宝贵经验。因此，归根结蒂应当把两种语言之间的有益的关系在这一方面放到共同的美学和文化背景中考察。"[④]

[①] 艾·菲兹利埃：《文学和电影的关系》，卜禾译，《世界电影》1984年第3期，第4页。
[②] 艾·菲兹利埃：《文学和电影的关系》，卜禾译，《世界电影》1984年第3期，第4页。
[③] 艾·菲兹利埃：《文学和电影的关系》，卜禾译，《世界电影》1984年第3期，第4页。
[④] 艾·菲兹利埃：《文学和电影的关系》，卜禾译，《世界电影》1984年第3期，第4页。

第一章 "文学电影"的源头及发展

在菲兹利埃关于电影与文学的关系的论述中,值得关注的是关于"对话"的论述,尤其在有声电影出现之后,电影与文学之间的关系出现了微妙的变化。

在从文学到电影艺术的过程中,"对话"无论是在表现方式还是改编过程上,都出现了异化。从文学移植的对话与电影呈现之间很难实现完全的对应。因此,一种脱离传统的文学性话语开始成为电影艺术的独有艺术风格。"我们也不会忽视文学久已有之的另一个经验(从电影获得有声语言以来,这个经验便成为把文学与电影联系起来的最可靠的纽带),我指的是口语风格的经验、对话的经验。毫无疑义,戏剧对话与电影对话有着深刻的差异,我们知道,这种差异在于戏剧中的语言几乎担负着表现一切的作用,并且是包含在一定的假定性体系中,而在银幕上,语言只是表现手段之一(与其他表现手段相比也许是次要的),它服从于另一套假定体系。至于小说中的对话则往往可以附加上一些说明文字,做些补充和阐明,有时还会用这种说明文字代替直接对话;因此,对话本身可以是不太完整和不太明确的。"① 文学作品的对话用文章中的语言文字表现,在文字的创作编码中形成了一套文学独有的符号话语体系。在艺术的假定性体系中,文学的对话语言拥有在其体系之中自由的文字说明语言。但是电影的对话体系与文学差距明显。"我以为,电影的对话介乎小说对话和戏剧对话之间,它比小说对话更完整和更有表现力,却不像戏剧对话那样举足轻重,完美充实。但是,电影对话是最接近戏剧对话的,因为它们都必须在自己的表现范围内做到自足。"② "自足"这个概念在电影对话与小说对话中表现尤其明显。电影对话

---

① 艾·菲兹利埃:《文学和电影的关系》,卜禾译,《世界电影》1984年第3期,第15页。
② 艾·菲兹利埃:《文学和电影的关系》,卜禾译,《世界电影》1984年第3期,第15页。

需要在传播之前完成有效的内容表现，通过电影人物的口语传播完成有效内容的输出。但是在小说中，创作者可以通过文本来完成对内容的说明。电影系统中的对话需要依赖其他表现，如人物肢体语言、画面镜头语言等电影艺术语言元素来协同完成意义文本的表现。"另一方面，电影对话也像戏剧对话一样无法放到严格的真实环境中；这不仅由于对任何艺术都是有用的，使实录的对话与去尽芜杂、节奏合适的（如引入广播节目、影片或剧作中）编写的对话相区别的风格化原因。而且还由于电影和戏剧共有的结构准则。"[1] 这里，菲兹利埃所肯定的是戏剧艺术与电影艺术在对话上更为接近，但是这并不意味着文学性的缺失。他肯定在戏剧、文学与电影的对话表现中，"电影既能用画面又可用语言传达这种信息。但是，它未来最明确、最简练地交代将要展开的主题的某些内容，就必须采用语言"[2]。电影与戏剧中的语言表现为口语，文学中则是文字符号。从这个层面上看来，电影与戏剧更为接近。所以"在默片时代，影片的说明部分曾经大量运用字幕。今天由于同样的原因，人们常常利用解说词这种懒办法。但是，如果我们希望严守清规，不把实际上属于小说美学范畴的方法引入电影表现方式中，那就不应当用解说词，而应当仅仅通过对话来说明。"[3] 所以，在国内外关于电影的文学性发展的论述中，我们都一再强调，文学的文学性本身在有声电影之后与电影的文学性之间的关系逐渐剥离。有声电影语言的文学性本身已经独立成为一种风格化的艺术表现手段。"因此，每一部影

---

[1] 艾·菲兹利埃：《文学和电影的关系》，卜禾译，《世界电影》1984年第3期，第15页。
[2] 艾·菲兹利埃：《文学和电影的关系》，卜禾译，《世界电影》1984年第3期，第15页。
[3] 艾·菲兹利埃：《文学和电影的关系》，卜禾译，《世界电影》1984年第3期，第15页。

第一章 "文学电影"的源头及发展

片都必须解决如下问题：让人物讲出观众特别关心的事，同时保持自然和逼真。这也是一种技巧，但是可能做的巧，可能做的拙。"① 因此，在电影的对话之中我们也能明确地知道电影对话与戏剧对话、文学对话存在区别。

菲兹利埃并没有对他提出的第一个问题进行论述，然而关于电影与文学的关系论证，随着电影的迅速发展和文学艺术的变迁，艺术门类之间的相互代替性却引发了讨论。"从黑白片到彩色片，从默片到有声片，从标准银幕到宽银幕，从摄像机的自动摄制到电脑制作的加盟，电影向人们展示了这个机械女神越变越迷人的卓越风姿。"② 电影发展成熟之后，已经开始向文学艺术提出挑战。文学性不仅是电影表现的一种手法，更是电影的特殊艺术价值之一。

"精英文学在电影的严峻挑战下，只能以变济穷，被迫改变自己的写作策略，通过将这种叙事逼真性降格为浮浅平面的简单真实性，声称自己以一种更深刻的真实性超越了它，这种重新定义的真实性是通过语言和叙事的革命进行的。"③ 当文学与电影发展到这个阶段之后，再独立地讨论电影与文学之间的关系则能更清楚地辨别两种艺术中的文学性指称。电影从文学中借鉴而来的文学性甚至在这时成了文学艺术的救命稻草。精英文学以变济穷的改革真实性，"例如挖掘潜意识的心理真实。作为最古老媒介的语言，文学将其叙事功能让位于指涉自身的表达欲望。由于无论在真实性、当下性还是感官的直观性方面都无法与电影竞争，文学被迫疏离自己原本最擅长的叙事热情，将那种屈服于电影叙事逻辑、沉湎于精心谋划故事情节的文本写作贬之为通俗文

---

① 艾·菲兹利埃：《文学和电影的关系》，卜禾译，《世界电影》1984年第3期，第15页。
② 朱国华：《电影：文学的终结者？》，《文学评论》2003年第3期，第77页。
③ 朱国华：《电影：文学的终结者？》，《文学评论》2003年第3期，第79页。

学，却不断挑战文学常规、追求呈现文本的意义结构来彰显自己的先锋地位"①。文学竭力所要做出的改变或是要完成的革命在根本上不能引导其完成自救，这只是从以往的大众传播艺术走向一种精英文学的艺术路径。

"文学的衰亡并不是指文学不再存在，而是指文学失去了生命力。就文化生产诸位置空间而言，在包括电影在内的大众媒介的挤压下，它毕竟不再是一种占支配地位的表征手段；就人类的精神需要而言，在它的乌托邦激情被自我解构以后，它已经不在构成叙事的主要方面。"② 当电影与文学之间用叙事文本的关系来进行阐述时，电影与文学之间的叙述文本的交叉形成了两者之间的交互作用转换。在电影发展的早期，文学文本本身协助和渗透在电影文本的发展之中，文学文本建构了电影文本的最初形态。在电影的不断发展和与文学剥离之后，电影的文学性独立于文学的文学性之外，电影文学成为电影的一种风格手段，进而演变成了电影艺术的一种价值审美。所以"就文学世界内容而言，文学场域被分裂成两个次场，要么是包括电影化写作在内的公诉文学，这显然已经不再是一种伟大的文学；要么是仍然坚持文学自主性的精英文学，然而，此种文学伴随着形式创新意识形态的体制化，以及对再现内容的合法排斥，终于经历了一场无可逆转的从现代主义向后现代主义的大溃败"③。文学的衰退使社会中的艺术文本叙事让位于电影文本。在这种状况之下，电影艺术成为一种大众文化的叙事文本主流。从更大层面上而言，电影与文学之间的关系是整个社会发展过程之中艺术变迁的折射。在电影与文学中，文学性的变迁折射的是电影与文学之间长期以来的内

---

① 朱国华：《电影：文学的终结者？》，《文学评论》2003年第3期，第79页。
② 朱国华：《电影：文学的终结者？》，《文学评论》2003年第3期，第79页。
③ 朱国华：《电影：文学的终结者？》，《文学评论》2003年第3期，第79页。

容文本纠缠与互相影响的格局。电影在文学的建构和文学在电影的解构下,二者原生的艺术价值和本质特征发生了变化。所以在电影与文学的关系论述之中,我们很难说谁决定了谁或者谁影响了谁。在任何的电影艺术与文学艺术的关系考察之中,都需要回归到历史的语境之中去衡量两者之间的关系。

(一) 电影文学性论争

电影作为一门综合艺术,糅杂了多种艺术的元素和精髓,在这些艺术当中,当属文学与戏剧对于电影的影响最为广泛和深远。当文学、绘画、戏剧等艺术以不同方式与电影碰撞之后,便为电影带来了文学性、画面性、戏剧性等多种属性。关于电影作为一门独立艺术,究竟是否具有文学性,是否该保持艺术本体的纯净性等问题,中外电影学者历来有所争议,未能达成共识。让·爱泼斯坦在他的《电影的本性》中提出:"因为一切艺术都设有自己的禁城,也就是自己的领域,这一领域具有私有性、排他性、自主性、特殊性,和对于自身以外的一切事物的敌对性。文学首先应当是文学性的东西,电影首先应当是电影性的东西。"[1] 我国电影学者王忠全也说:"无论哪种艺术,一旦进入电影,便不复是其本身,完整的本体融化了,本来的面目改变了,先天的个性消失了,原有的表现形式和美学特征剥离了,相互之间的对立性调和了,各种艺术元素化而合之,一个新的质产生了。"[2] 显然,这些论点并不承认电影的文学性这个概念,而更多强调电影的独立性、纯粹性以及与其他艺术种类的不兼容。

然而,电影的文学性历来是被许多电影理论家、导演所推崇

---

[1] 李恒基、杨远婴:《外国电影理论文选》,生活·读书·新知三联书店,2006年版,第82页。
[2] 王忠全:《"电影作为文学"异议》,《电影的文学性讨论文选》,中国电影出版社,1987年版,第164页。

和维护的。20世纪80年代,电影导演张骏祥在一次总结会上发言:"真正的电影文学的完成形式是最后在银幕上放映出来的影片",并呼吁"不要忽视电影的文学性"。① 这次发言引发了中国电影理论界对于电影文学性的再次关注。一些电影理论家如于倩、荒煤、翁世荣等表示"电影文学,只有通过影片的再创造,才能最终体现其文学价值"②。"只要一部电影具有反映社会生活的叙事性,具有一种情节的性质,具有在现实关系中展示的人物形象,也就具有了文学性,具有一种剧作构思和剧作的性质。"③

"每一个从事电影剧本创作的作家,都必须理解和熟悉电影表现手段的特点,都必须完全地掌握电影的表现手法,而这,实在说来,在一个具有文学才能并真正愿意从事电影工作的人,是完全可以做到的。"④

从作者创作的角度来讨论电影文学性的话,我们可以从罗姆的讲演记录《文学与电影》中窥见端倪。"后一个条件——真正愿意从事电影工作的愿望,我认为具有特殊的意义。人们非常倾心于电影,但是这种倾心更多地是由于看到电影的广泛性,而不是出自对它的尊敬。我就知道有这样的情况,就是作家参加电影工作,却并不喜爱它,也不理解它;它们参加这种工作,仅仅由于他们觉得在这领域也来试一试自己的才能,是很有趣的事,因为影片将广泛放映这一点很吸引他们,然而,抱着这种态度式不可能写出真正优秀的电影文学作品的,不管作者具有何等的才能

---

① 张骏祥:《用电影表现手段完成的文学》,《电影的文学性讨论文选》,中国电影出版社,1987年版,第3页。
② 荒煤:《不要忘了文学》,《电影的文学性讨论文选》,中国电影出版社,1987年版,第24页。
③ 余倩:《电影的文学性和文学的电影性》,《电影的文学性讨论文选》,中国电影出版社,1987年版,第144页。
④ 罗姆:《文学与电影》,富澜译,艺术出版社,1954年版,第1页。

和写作经验。"① 从作者对电影创作者的期待视野而言,电影创作中所涌入的大量作家创作中,可以想见的是,一部分作家是由文学创作到电影创作的尝试或者心理上的趣味性驱动而来的,在这种心理状态之下,他们并没有按照对待电影创作的态度来创作,而是依然保留着文学创作的思维和态度。这一方面反映了在早期的电影创作中,电影作为年轻的艺术,尚未有成熟的专业的电影创作者体系。因此,其他艺术工作者,尤其是文学创作者大量地涌入电影创作市场。可以明确的是,在电影艺术与文学艺术的最初结合上,创作者本身以一种创作源头的方式介入了电影艺术的创作。电影文学性从创作者这一点上来看似乎是不存在争议的。因为作为生成电影作品的主体,创作者本身的文学素养、文学思维、文学积累在引入电影创作中时,势必会影响到电影艺术的创作。文学性在电影的早期就与电影艺术不可剥离。

电影文学性问题的争论在电影与文学结合之初就已经开始进行了。"电影的文学性需要通过它的特性表现出来,电影的特性又因为它的文学性,而得以发挥。"② 因此,电影的文学性本身是得到中国学者肯定的。在具体的论述中,"第一,电影是具有视觉形象的艺术。电影应该把剧本中的文学因素变成造型的、可见的感觉形象,这是电影的文学性和特性结合的一个重要方面"③。在对电影文学性的部分解读中,电影作品与文学作品被对等看待。这类观点认为,电影的文学就是以电影化的手段表现文学作品中的元素。电影本身并非独立于文学作品之外,而是用视听艺术呈现文学作品中的文字内容。在这个过程中,从外在的景物描述到人物形象,再到内在的人物心理描述,电影艺术都以

---

① 罗姆:《文学与电影》,富澜译,艺术出版社,1954年版,第1页。
② 《电影的文学性论文选》,中国电影出版社,1987年版,第45页。
③ 《电影的文学性论文选》,中国电影出版社,1987年版,第45页。

一种电影的语言来进行全新的展现，所以"由于电影的文学性具有可见的特点，观众欣赏电影常有身入其境之感。观众和银幕的情绪交流就象日常生活中对某件事、某个人有感而发一样。因此观众对电影的真实性比其他文艺样式有更高的要求"①。可以明确的是，在电影与文学结合之初，电影的文学性更多的是一种对电影文学的展现。此外，"电影在表现空间和时间上，有很大的自由性。这在一切文学艺术中也是得天独厚的。因此运用电影在空间和时间上的优势，艺术地处理剧本中的文学因素，使它大放光彩，这是电影文学性和特性结合的另一个重要方面"②。空间展现是讨论电影文学性与电影特性时不可避免的重要问题。传统艺术中，文学作品的空间需要依靠文字的描述和读者的想象来完成。但是在将文学作品转换为电影作品时，空间从一种抽象的概念变成了一种视觉观感。在时间与空间的维度上，电影能够通过蒙太奇手法重新建构电影的文学性话语。通过蒙太奇手法的运用、画面的剪辑和组接，电影艺术彻底颠覆了文学艺术中时间和空间的关系。电影所产生的新的时间观念和时空艺术完全区别于传统艺术的特性。在时间的概念上，文学艺术作品中的时间受控于文学写作。文学作品的时间展现和读者的阅读时间共同构成文学艺术的时间。而在电影之中，根据贝拉·巴拉兹的观点，电影有三个时间，即电影的放映时间、电影的叙事时间和观众的观影时间。这三个时间维度共同建构了电影艺术的时间。从时空的维度来看，电影的文学性本身与文学的文学性所表现的时空观念之间并没有必然的关系，即使在文学改编的电影之中，电影依然可以运用蒙太奇手法彻底颠覆作品中的时空展现。恰好是在时间性的表现之中，电影艺术的文学性与文学原型作品之间存在奇妙的

---

① 《电影的文学性论文选》，中国电影出版社，1987年版，第46页。
② 《电影的文学性论文选》，中国电影出版社，1987年版，第46页。

耦合关系。

除电影文学性与电影特性之间的必然联系之外，还有一种在电影传入早期就已出现的文本形式——电影文学。因此，需要单独对电影文学与电影文学性之间的关系进行论述。有学者认为，"电影文学性，……争论的焦点在于：提高电影质量的关键是什么？"[①] 电影文学性本身是电影艺术展现手段之外的电影叙述与文学艺术之间的辩证关系认知。文学对电影的影响是毋庸置疑的，在电影发展的不同阶段，文学与电影的关系也不断发生着变化，这种变化也导致电影文学性在不同阶段具有不同的内涵与意义。在早期的电影创作中，电影文学性本身并不是一个独立的、自为的概念，因为电影文学性并没有完全被确立。所谓电影文学性是指电影创作初期，由于没有确定的电影剧本、电影创作蓝本，因此需要借鉴文学的文本来完成电影创作。丰富的文学作品为电影在剧情创作方面提供了诸多便利和有益内容。但是在日趋频繁的创作实践中，文学作品的语言文本样式很难满足电影创作的需求，因此，在这种状况下，电影文学或者说为电影拍摄而形成的文本诞生，并完全取代原初的文学文本。随着电影创作文本的形式、内容的逐渐成熟，电影本身的文学性已经脱离了文学的文学性，而成为电影的一种特性。

(二) 电影性与文学性

究竟什么是电影性？什么是文学性？每种艺术都有独立的特性、品质，尽管各门艺术之间有相互影响、不可分离的共存属性，但同时也必须承认各门艺术的独立性和排他性。电影性是电影的本质属性，它是基于电影的媒介特性、发生机制、演变历程等一系列外围因素所共同组成的内核属性，是区分电影与其他艺

---

① 《电影的文学性论文选》，中国电影出版社，1987年版，第209页。

术形式的根本标志。与之相对的，文学性也是文学的根本属性，是文学之所以被称之为文学的首要因素。我国理论界对于电影的本质属性和文学性的关系探讨至今仍未达成共识，许多困惑和质疑都在于没有认清两种艺术种类的属性区别。每部电影一定具备电影性，但却不一定具备文学性。"电影的文学性并不等同于一般意义上的文学。电影的本质在于它创造了一种和文学语言完全不同的电影语言。电影语言可以借助蒙太奇镜头组接来充分地调动时间空间，而不会破坏它的真实性。"① 事实上我们对于电影的本性了解并不是很深入，甚至会有意无意地忽视电影的本质。人们常常用"影视文学"取代"电影文学"，电影文学性对于衡量电影艺术质量来说是相当重要的。电影的文学性应该体现在电影人物的形象塑造和情节的展开上，从而表达人们对于命运的一种思考。②

尽管文学性是文学的根本属性，是文学之所以称之为文学的第一因素，但在文学发展历程中，文学性却并非总是被重视。特别是在近十几年中，"逃离文学""去文学化"现象愈发普遍，文学领域中出现了一种带有后现代色彩的解构主义倾向。文学性的缺失导致了文学的边缘化，"后现代条件下的文学边缘化有两大含义：(1) 在艺术分类学眼界中的文学终结指的是文学失去了它在艺术大家族中的主导地位，它已由艺术的中心沦落到边缘，其主导地位由影视艺术所取代。(2) 在文化分类学眼界中的文学终结指的是文学不再处于文化的中心，科学上升为后现代的文化霸

---

① 杜军、杜娟：《电影的文学性与文学的关系》，《山东商业职业技术学院学报》2005年第2期。
② 参见马兰萍：《提升对电影文学性的重视和研究》，《电影文学》2011年第17期。

主后文学已无足轻重"①。文学性是个庞大且纷繁复杂的概念，20世纪初，俄国形式主义理论批评家罗曼·雅各布森提出文学性这个概念，"文学学科的对象不是文学，而是文学性，也就是说使一部作品成为文学作品的东西……如果文学科学想要成为一门真正的科学，它就必须把'手段'看作是它惟一的'主角'"②。

那么电影究竟能否兼容文学性与电影性？答案应该是肯定的。电影作为一门叙事艺术，在注重视听的基础上，必须抓住文学性，借助文学性将故事讲好。我国自古盛行的"文道"说讲求"文以载道"，"文"是载体，而"道"才是传播的精髓。观众理解电影，远不是将电影单纯看作简单的影像组合和对现实世界的机械复制模仿，他们对每一部电影的理解，都需要联想并参照已知的艺术体系，例如文学。在文学与电影的双重思维组合之下，一部电影作品的意义才算最终勾勒完成。电影的文学性，不仅体现在电影的剧本创作上，也体现在一种文以载道的思想传递和人文关怀上，体现在一种恢宏的史诗般的文学韵味和深刻的思想内涵上。"一部具有浓厚文学性的电影应该具有鲜明的时代特色，摒弃片面追求戏剧化的视觉刺激，直面内心，理智冷静的如同文学作品一般的创造意义，并能激发观众对于人性、人生的思考。"③"电影作为一种文化产品，作为一种大众文化载体，它必然要承载一定的社会文化内涵。"④ 在默片时代，电影并没有借助声音、有声对白等媒介，但从目前看来，电影始终没有脱离过

---

① 余虹：《文学的终结与文学性蔓延——兼谈后现代文学研究的任务》，《文艺研究》2002年第6期。

② 罗曼·雅各布森：《现代俄国诗歌》，转引自托多罗夫：《俄苏形式主义文论选》，蔡鸿滨译，中国社会科学出版社，1989年版。

③ 钟菁、黎风：《电影的文学性与"文学电影"》，《当代文坛》2015年第3期。

④ 彭吉象：《影视美学》，北京大学出版社，2002年版，第199页。

文字、文学。可以说，电影的文学性是与生俱来、不可否认的。

　　电影性与文学性之间的关系论述，需要从两个维度来考察，一个是作为电影本身特性的电影性与文学性之间的关系论述；另一个维度是作为电影本质特征的电影性与电影的文学性之间的关系阐明。在第一个维度之中，文学性尚未脱离文学这门艺术。文学性的内涵更多的是指一种广义的文学性概念，作为文学作品维度的文学性概念。在这个维度中，电影仍然不能脱离与文学的关系。"我们都知道，文学——包括民间传说——已经有了几千年的历史，文学创作虽然不是古老的艺术，但至少是古老的艺术之一。"① 由于文学艺术的发展时间更为久远，电影出现的时候文学已经处于成熟时期。文学的文学性已经成熟，电影的电影性还处于萌发阶段。"文学和电影在表现生活时，不受任何时间和空间的限制；作家和电影艺术家的奔放的幻想并不受任何约束。一般说来，没有一样东西是不能用言语来表达的。对电影也同样可以这样说：在自然界和社会中，没有一样东西是电影手段所不能表现的。"② 在对文学与电影的关系阐述中，国内外学者在不同阶段对电影的认知还存在一定的差异性。电影性与文学性之间的问题从审美维度上看，所谓的统一大抵也是建立在文学性的共同基础之上的。"美学大师把文学称作艺术的最高形式。车尔尼雪夫斯基认为诗歌在内容上高于其他各种艺术，乃是'各种艺术中最高和最完美的'。车尔尼雪夫斯基写道：'……其他各种艺术甚至不能表达出诗歌所能表达的百分之一来。这些话同样也适用于电影，由于电影接受了一切其他艺术的描写方法和表现手段，所以无论是最久远的过去还是对未来的向往，无论是巨大的社会事件（如战争、革命、巨大的建设等）还是人类心灵中的欣慰活

---

① 马涅维奇，等：《文学遗产与电影》，艺术出版社，1956年版，第53页。
② 马涅维奇，等：《文学遗产与电影》，艺术出版社，1956年版，第53页。

动,无论是海洋和最高的峰巅还是肉眼所看不见的微生物,它都能将它们展示出来。"① 在电影出现之前,在对文学的美学认知和表现之中,文学在文学性的认知上就已经成熟了。

在电影出现后,可以充分利用文学中的成熟文本。"电影从它存在的第一天起就充分利用了文学的宝藏,因为它一开始就吸取文学中的精华,向文学作品学习,并吸收文学大师来参加影片的创作工作,这一切决不是偶然的。"② 在电影发展的初期,文学向电影输送的不只是文本内容,还有创作者。在一系列的艺术输送中,文学性本身以一种简单的移植方式转移到电影艺术领域之中。对于早期电影而言,电影性本身还未形成区别于其他艺术形式的本质内在特性。文学性在这一阶段的意义更多地倾向于对文学艺术领域中的文学性解读。因此按照列别杰夫的阐述,将电影与文学的关系进行阶段性划分,能更为清晰地表明电影性与文学性之间的关系。

按照电影纵向发展的历史来看,文学与电影的关系是如此被描述的:"在电影艺术的最初阶段,也就是在它的幼年时代了,文学在当时的电影工作者手中遭到了公开的、无耻的剽窃和歪曲。他们从文学巨著中摘取一些适合表演的段落,把它们纳入一种哑剧的形式。这些段落被拍在胶片上,机械的连接在一起,于是就成为一套'活动照片',使人们看起来就像活动起来的书中插图一样。"③ 初期的电影是以活动图像的形式出现,还算不上真正意义上的电影艺术。这些活动图像由于技术的推动形成了一种新的传播技术形式,出于制作活动图像的需要,文学艺术的丰富内容被照搬或者部分截取到了活动图像的内容生成之中。一方

---

① 马涅维奇,等:《文学遗产与电影》,艺术出版社,1956年版,第54页。
② 马涅维奇,等:《文学遗产与电影》,艺术出版社,1956年版,第54页。
③ 马涅维奇,等:《文学遗产与电影》,艺术出版社,1956年版,第54页。

面作为一种宣传的噱头吸引观众来看，另一方面也不需要创作者进行艺术创作，毕竟直接的照搬无论从商业盈利还是观众喜爱程度上来看，似乎都更为简单便捷。因此，在这种状况之下，文学的文学性一边被解构和消解，一边为之后电影的文学性的生成铺展道路。这种解构和照搬，所产生的实际效果就是"使人看起来就像活动起来的书中插图一样。对那些熟悉原著内容的观众说来，这种影片是没有什么意思的，而不熟悉原著内容的观众则感到莫名其妙"[1]。在电影产生的初期，即电影以"活动图像"的原始形态出现的时候，所谓的电影性与电影的文学性还处于未确立阶段，在这一时期文学性被"活动的图像"所解构。从实际活动图像的观众接受来看，一方面并没有显现出新的电影的特性，另一方面，也没有生成新的叙事内容和文本意义。图片、活动的图像、文学的缩影这一类词更多地被附加在早期的电影形式之中。

"当人们过渡到设置放映一小时半的大型影片时，情况就有了一定的变化。人们开始有可能来表现较为复杂的题材和较为细致地刻画主人公的性格。电影在增广知识和感染情绪等方面的能力都提高了。这个时候才有一些较有才智和天赋的艺术家来参加电影工作，并开始用非常谨慎的态度来对待准备改变的文学作品。"[2] 电影性的逐渐凸显与其对文学艺术的文学性的运用，使得电影性与文学性的结合成为可能。只有当电影发展到此时，才有可能完成从文学艺术作品到电影作品的较为细致的改变工作，从而产生一些既具有电影特质又具有文学性的好的影片。而"这些影片在丰富的思想内容、解构、精神和风格等方面，都已经相

---

[1] 马涅维奇，等：《文学遗产与电影》，艺术出版社，1956年版，第54页。
[2] 马涅维奇，等：《文学遗产与电影》，艺术出版社，1956年版，第55页。

第一章 "文学电影"的源头及发展

当接近于文学原著了"①。这种接近既是对电影在发展之中电影性的独有艺术价值的肯定,也是对电影文学性逐渐萌芽的暗示。这种文学性的萌芽一开始就与文学艺术有着无法割舍的关系。这种关系既是对电影性的推动,也是电影艺术中文学性发展的助力。而在电影发展的中期,这种文学性又成为电影性发展和电影文学性确立的桎梏、枷锁。在默片时代的电影性与文学性的发展中,"当电影编剧和无声导演试图把一些规模较大、内容复杂、出场人物众多而主人公的内心体验又很丰富的文学作品搬上银幕时,情况就变得很糟糕了"②。无声电影时期的电影表现力远远不及有声电影时期,电影中的字幕、画面表现基本承担了影片的主要叙事责任。由于大多数电影工作者在创作思维上还没有摆脱文学艺术创作的桎梏,并且没有真正从本质上理解电影创作的特征,因此在诸多电影表现中仍然延续了文学性表达方式、方法,从而在电影创作中遭到失败。"无声电影的表现手段,甚至大致地传达这类文学作品的内容这方面都是无能的。把肖洛霍夫的'静静的顿河'、费定的长篇小说'城与年'以及其他一些作品改编成电影的尝试,都完全遭到了失败。"③ 这也再次肯定和说明了电影与文学归属于两种艺术,两者之间存在清晰而明确的差别。文学文本的宏大叙事、人物内心体验等诸多内容元素无法与电影表现完全对等,只能进行重新创作与重新表现。例如,普多夫金的《母亲》的确是电影创作历史中的一部优秀影片,但也不能说这部影片就完全是高尔基长篇小说《母亲》的影像化改编。

有声电影的出现与大众传播给电影带来了一个艺术价值再确立的机遇,技术再一次推动了电影的发展。"优胜电影的发明造

---

① 马涅维奇,等:《文学遗产与电影》,艺术出版社,1956年版,第55页。
② 马涅维奇,等:《文学遗产与电影》,艺术出版社,1956年版,第56页。
③ 马涅维奇,等:《文学遗产与电影》,艺术出版社,1956年版,第56页。

成了一个全新的局面,在胶片上录音和环音的技术问题得到解决后,电影便在音响、音乐和言语等方面获得了新的丰富表现可能性,而其中最重要的就是有声的话语。"① 有声话语的出现再次引发了电影艺术文学性与文学艺术文学性之间的关系论战。有声话语的出现大大推动了电影性的发展,电影的表现艺术性大大增强。一种新的艺术思维和艺术交流的方式和可能性出现了,电影艺术成为真正的视听艺术。电影实现了有声的话语表达,可能是人物之间的言语对话,也可能是言语的符号表现。电影在内容表现文本以及沉浸式体现上的能力都得到了大幅度的提高。电影的趣味性也进一步增强,影片的时长也可以进一步增加,同时在相对的限定时间内,影片的叙事文本内容也大幅度增加。电影的文本叙事能力的提升,让电影逐渐脱离其他艺术形式的思维方式,并开始不断探索和确立电影本身的艺术特性和审美价值取向。这种脱离给予电影艺术更多的独立性,因此在叙事方式的实践与探索中,电影反而更能借鉴其他艺术的思维方式。

在有声电影出现之后,电影进一步加快了向其他艺术形式借鉴的步伐,并在此基础上不断探索电影本身的电影性。"有声电影出现后,电影就开始越来越接近于文学、戏剧和音乐等其他艺术形式了。电影到这时才变成一种真正的总和艺术。改编文学作品的工作也显著地变得容易了。"② 新的电影技术提升了电影自我身份确立的可能性,同时,作为综合艺术的电影逐渐显现出跨门类艺术创作的总和特性。前面我们提到,电影的有声语言的出现为电影的内容文本叙事提供了更大的可能性,电影艺术的趣味性增加,表现力增强,也吸引了诸多传统艺术创作者参与到电影创作的队伍中来。尤其在电影的剧本创作过程中,国内外一直都

---

① 马涅维奇,等:《文学遗产与电影》,艺术出版社,1956年版,第56页。
② 马涅维奇,等:《文学遗产与电影》,艺术出版社,1956年版,第57页。

有优秀的跨艺术门类合作的案例,并且在电影领域取得了不俗的成绩。

文学性概念源起于文学艺术,随着电影艺术在发展中对文学艺术的仿照和借鉴,电影的文学性问题逐渐被学者研究和重视。文学艺术与电影艺术在艺术表现上具有不同的符号意义系统,文学艺术的文字符号系统与电影的视听图像符号系统之间存在差异。因此,文学艺术的文学性所指向的是文学文本的叙事内容呈现方式、手段,以及创作者的思维。而独立于文学艺术之外的电影的文学性,所指向的是电影艺术本身的一种特性。

电影的文学性主要呈现在两个方面:一方面是电影内容来源于文学文本的改编创作,在这种创作中,电影继承和运用了文学的文学性思维方式。在内容叙事和文本表达中用图像视觉和听觉符号系统的影像化手法,重新建构和呈现了文学艺术中的文本内容。文学艺术文本中的原型叙事表达在文化内涵、内容叙事、人物塑造等诸多方面深刻影响了电影的文本叙事内容。因此电影的影像化呈现带着浓厚的文学原型内容元素。另一方面是在文本改变中,文学的时空结构会更为直接和深刻地影响电影艺术的影像化表达。时空表现一方面还原了文学文本的内容呈现,而另一方面也限制了电影艺术表现的自由性。在审美价值的表达与实现中,电影的文学性以一种文学性思维方式来完成与观众的对话。

另外,电影文本内容并非文学改编,而是以电影剧本的方式进行呈现和表达。在这个维度,电影文学性更多地体现为电影创作者在思维方式中的风格特质。这种风格特质以一种与文学艺术创作相似的方式进行呈现,从而被贴上文学性的标签。电影艺术在内容的表现和叙事文本表达中可以流于图像的浅显展现,也可以深刻展现一种暗喻和隐喻,文学性更多时候以一种深刻的、隐含的"刻板印象"加诸电影艺术之上。风格化的表现手段和叙事内容的思维方式呈现,共同构成了电影艺术的文学性特征。

二、美、法、中"文学电影"

"文学电影"在整个电影发展史上占据着重要地位,历史上"文学电影"的几次创作集中期,都受到了文学思潮的直接影响。无论是在美国、欧洲国家,还是中国、日本,几乎每次文学思潮的涌动,都会出现与之相呼应的电影创作高峰。经典影片大都离不开文学的滋养、灌溉。

在对各国"文学电影"的讨论中,不可避免会涉及电影改编。不同的研究者对电影改编持有不同看法,其中既有对文学改编的偏见,也有对文学改编的偏爱。对文学到电影改编的偏见主要有三个方面:一是认为"出于对小说的热爱,文学爱好者总是强调文学的魅力和力量"[①]。二是认为电影作为年轻的艺术形式,与其他传统艺术形式的时间积淀相比较而言,在艺术价值上的普遍认可度还有待进一步加强。"作为第七艺术,电影并没有取得和文学等其他艺术形式相等的地位。电影被认为是'对文学壁垒发起冲击的暴发户',是'后来的'、'不中用的'、'文化上劣等的'。在纯文学评论家看来,电影往坏里说是戏剧和摄影的'私生子',往好里说不过是一个本质上庸俗的商业媒体。偶尔,只在偶尔的情况下,才能取得独立的美学身份。对电影的偏见甚至在电影出现之前就已存在。"[②] 三是在文学与电影的跨门类艺术改编过程中,"电影改编的性质决定了文学和电影之间存在着'原创'和'复制'的关系"[③]。这种关系的定位和先后顺序,使人们产生了认知上的等级秩序,在对两者的价值认知上出现了偏差。文学作为先行者和时代语境下的成熟者,在美学价值的认可

[①] 庞红梅:《论文学与电影》,人民日报出版社,2016年版,第3页。
[②] 庞红梅:《论文学与电影》,人民日报出版社,2016年版,第3页。
[③] 庞红梅:《论文学与电影》,人民日报出版社,2016年版,第4页。

等方面都占据了优势。在文学与电影中既存在偏见也存在偏爱。改编电影可以说从电影产生之时就有了，优秀的改编的电影数量众多。"琳达·哈琴甚至表示，每个时代都可以说是改编的时代，电影改编如此常见，以至于我们可以认为这是人类想象的倾向。在她看来，改编一直是西方文化的一部分：改编对我们这个时代来说，显然不是什么新鲜事。莎士比亚把他的故事从书本移植到舞台，让全新的观众都能看到。埃斯库罗斯、歌德、拉辛、达·彭特也以新的形式重述故事。改编在西方文化中占很大的部分，似乎验证了本雅明的观点，'讲故事总是重复故事的艺术'。一个世纪以来热衷的改编者不需要 T. S. 艾略特和诺斯罗普·弗莱就明白一个真理：艺术总是起源于其他的艺术，故事总是诞生于其他的故事。"[①] 电影艺术与其他艺术的关系、电影艺术创作的起源等一系列问题一直伴随着电影的发展。下面以美国、法国、中国电影艺术中的"文学电影"研究为例，来探讨"文学电影"在电影发展史中的变迁。

（一）好莱坞名著改编"文学电影"

好莱坞影片虽以戏剧性、程式化、类型化著称，但仍十分注重从文学作品中吸取经验，以赋予类型片纵向深度。许多经典电影都来源于具有丰富故事性的小说，文学作品在题材上给予了电影丰富的灵感资源。好莱坞的许多电影借鉴了文学故事的戏剧冲突和叙事手段，运用了故事片的拍摄技巧。

20世纪40年代末，在以商业化、娱乐化著称的好莱坞，出现了一次文学改编电影的创作高潮。《关山飞渡》《绿野仙踪》《呼啸山庄》《乱世佳人》等优秀影片均改编自文学小说作品。六七十年代诞生了《恋爱中的女人》《洛丽塔》，改编自玛利亚·

---

① 庞红梅：《论文学与电影》，人民日报出版社，2016年版，第6页。

冯·崔普《崔普家庭演唱团》的《音乐之声》，改编自马里奥·普左同名小说的《教父》等优秀作品；90年代，诞生了《与狼共舞》《辛德勒的名单》《阿甘正传》等一系列电影性、文学性兼备的文学小说改编影片。据美国专业电影数据资讯网站 The Numbers 统计，1995—2014年间（截至2014年5月15日），好莱坞共公映了12545部电影，其中原创剧本电影6842部，占据47.06％的票房市场份额，而改编自其他来源的电影共5703部，占据市场份额52.94％。这其中改编自文学作品，例如小说、纪实书籍、短文、戏剧等的电影就高达2702部，约占出品影片总数的五分之一。①

时至今日，好莱坞的商业电影依旧处于全球领先地位。面对全球几十亿的观影市场，要满足不同国家、不同宗教信仰、不同民族的观众的需求，还要漂洋过海与他国的本土电影制作者争夺市场，并非易事。电影作为面向大众的精神消费品，本质上还是要提供消遣并使观众得到精神上的满足感。除了震撼的视听科技和明星阵容的吸引，想要取得差异如此之大的观众的一致认同感，必须求助于文学作品中的一些价值观念。爱、理想、自由、人性等主题，无论在何种故事的承载下，都是容易得到观众认同的。这也是好莱坞电影永恒不变的主题。

（二）好莱坞"文学电影"梳理

从文学到电影的跨门类艺术创作之中，文学艺术中的小说是最受电影艺术创作者喜爱的改编形式。"毫不奇怪，无论从艺术或商业角度来看，电影都非常倚重于小说。直到最近，只有电影制作者无一例外的是大企业的雇员，他们为这些大企业工作的条件，完全不同于那些创作出了世界文学杰作的人所处的条件。例

---

① 参见钟菁、黎风：《电影的文学性与"文学电影"》，《当代文坛》2015年第3期。

如，一部好莱坞影片可能要花两三年时间才能制作出来，其间大量的时间是花费在生产前阶段（例如作预算、搞投资、磋商和挑选演员），而不是花费在创作上，即写作和剪辑上。这和作家在创作小说时要花费两三年的时间来进行紧张的写作有很大的不同。"① 对于好莱坞的电影创作而言，改编电影的创作更符合其电影运用模式中商业利益最大化的原则。

电影剧本本身与原型小说到底存在多大的关系？

在好莱坞的商业哲学和生存之道中，相比于小说本身产生的艺术价值而言，更吸引制片人的是小说背后所携带的稳定观众和潜在的观影群体，"对于那些在美国经营电影企业的满脑袋生意经的企业家来说，小说，特别是畅销小说，始终强烈吸引着他们去把它拍成电影。正是由于小说中的人物和故事已经在群众中经受了考验，因此在影片尚未制成以前，就已经预售了"②。相比于原创的电影文学剧本，畅销小说本身具有的稳定读者群体可以在电影改编之后迅速转换成潜在观影群体。这种潜在观影群体的稳定性远远高于原创电影文学作品的观影群体，毕竟是已经经过市场检验的。"所以，从经济观点来说，把一部畅销小说改编成电影不会冒什么风险。只要告诉观众那部影片甚至比原小说还要好，那么票房价值就垂手可得了。然而，由于优秀小说的数量满足不了电影企业家那贪得无厌的要求，以及由于电影剧作作为一门艺术在继续往前发展，所以小说的文学特质（不仅仅作为情节和人物的源泉供人剽窃）也就越来越明显地体现在现代电影

---

① 温斯特：《作为文学的电影剧本》，周传基、梅文译，中国电影出版社，1983年版，第23～24页。

② 温斯特：《作为文学的电影剧本》，周传基、梅文译，中国电影出版社，1983年版，第25页。

中了。"①

　　这是否意味着小说本身对电影的影响不那么重要了呢？在好莱坞的商业价值体系之中，文学艺术到底在什么方面影响了电影艺术的创作呢？总的来说，文学艺术的影响主要体现在故事叙事方面。我们会发现，在诸多文学改编成的电影中，主题、人物形象都会发生变化，电影所保留的更多是叙事形式。好莱坞电影在选择、发掘和运用文学素材上有独特的方法。"对电影的叙事形式最有影响的是'故事编辑部'。现在，不论它采取什么形式，在好莱坞的大制片厂中几乎都可以找到这类机构。（在电视中，与故事编辑部相当的部门叫做'节目编辑部'，每个大电视网都至少有这么一个机构。）在这类机构中，关键人物是故事编辑或分析家。"②前文已经提到，好莱坞的电影改编目的在于电影盈利的最大化，这些故事编辑和电影文学文本的作家在改编中可能大多数都只从文学文本中进行改编，而不是像艺术创作者那样去实地体验和感受艺术中的叙事文本生成。所以对于好莱坞电影作家而言，"他的工作是在小说、舞台剧、杂志、报纸和专门的电视剧本中，去搜罗和研究那些他认为能使一部影片得以成功的素材。如果故事编辑确实找到了一些看来是可用的东西，那他就会把它加以'提炼'，写成一段'情节'和'动作'主题，或者写一两页梗概，然后交给制片厂的制片人或代理人"③。这种方式在文学艺术创作者看来是不可理喻的，因为其对文本进行了片段式的内容肢解，甚至完全消解了文学文本的原初艺术价值。但这

---

　　① 温斯特：《作为文学的电影剧本》，周传基、梅文译，中国电影出版社，1983年版，第25页。
　　② 温斯特：《作为文学的电影剧本》，周传基、梅文译，中国电影出版社，1983年版，第26页。
　　③ 温斯特：《作为文学的电影剧本》，周传基、梅文译，中国电影出版社，1983年版，第26~27页。

恰恰是好莱坞电影对素材处理的最常规方式。"这是决定许多文学素材命运的阶段。因为，以这种缩写方式表现出来的文学素材或故事构思，要是不能引起制片人的兴趣，那它就被抛在一边了。但如果它通过了这重要的一关，那么就可能由一名作家来把它写成一个三十页的剧本阐述，这相当于一个用现在时态写成的较长的短篇小说。目的是用来说明作家准备怎样用电影语言来处理这些文学素材，并且把所有的情节动作，其中包括某些台词细节化，以提醒作家将其体现在完成剧本中，完成剧本这个最后的形式包括全部场面各摄影机的角度，这通常叫做导演剧本或拍摄剧本。"① 从这个角度来看，文学艺术更多地是在叙事文本方面对电影内容文本产生影响。随着被选择素材的电影改编的逐渐深入，侧重故事的叙事小说对推动电影内容产生进一步的影响。

（三）法国"文学电影"

1. 法国电影文学性溯源

法国电影在艺术创作中区别于美国好莱坞的"商业模式"和商业电影的工业化创作模式和流程。文艺电影更受法国电影艺术家的青睐，被浪漫主义符号化的法国电影与文学之间更是有着密不可分的关系。在对法国电影艺术家热衷于把文学作品搬上银幕的原因进行分析后，法国学者莫尼克·卡尔科-马赛尔、让娜-玛丽·克莱尔认为："从1925年起，雅克·费德尔分析了在法国电影改编的发展过程后，得出结论：在电影改编以特殊的方式影响电影制作的主要原因中，占据首位的是商业上的原因。"② 在更为极端的论述中，甚至认为改编于著名文学作品的电影相比于

---

① 温斯特：《作为文学的电影剧本》，周传基、梅文译，中国电影出版社，1983年版，第27页。
② 莫尼克·卡尔科-马赛尔、让娜-玛丽·克莱尔：《电影与文学改编》，刘芳译，文化艺术出版社，2005年版，第5页。

原创电影剧本，对观众更具有吸引力。活跃的图像似乎弥补了文学艺术只能用文字进行叙事的弊端，视听图像更为有趣地展现了文学作品的内容。文学改编电影的巨大商业价值也推动了法国电影艺术家们的创作。"事实上，单单改编作品的作家名字就足以在广告上确保电影的质量。"[①] 经过读者和历史检验的文学作品本身在艺术创作质量上就已经有一定的保障，因此即便是在电影化的改编中，核心的剧情内容在电影创作开始前就已成熟。稳定的读者群体保证了潜藏的巨大观众量。但是随之而来的问题是，跨艺术门类的创作解构了文学艺术的原初属性和意义。

创作思维的转变是电影发展的必经之路。"为了改变公众的兴趣，电影放弃了它过去20多年里所一直依赖的闻名的艺术（如文学）和公众的英雄主义下的生存状态。敬佩这种公众的英雄主义准则同附属于社会文化的某一阶层混淆起来了。"[②] 电影艺术不同于文学艺术的特点逐渐显现出来。文学作品是通过充分发挥读者想象，来完成读者与作者的对话的。而电影的直观性、视听表现的临场感、观影空间的沉浸式，缩小了观众的想象空间，却增加了强大的代入感。视听盛宴更像是一场电影的"白日梦"机制，在这一点上国内外的电影学者都已经做过论述。

对于电影艺术创作者而言，文学作品的电影化一方面具有稳定的商业价值，另一方面也潜藏着对艺术价值的考量。"改编肯定是有不同之处的，不能从原著中逐字逐句地翻译，电影艺术家们感到在忠于文学的基础上，寻找与书本总体意义等价的东西，

---

① 莫尼克·卡尔科-马赛尔、让娜-玛丽·克莱尔：《电影与文学改编》，刘芳译，文化艺术出版社，2005年版，第7页。
② 莫尼克·卡尔科-马赛尔、让娜-玛丽·克莱尔：《电影与文学改编》，刘芳译，文化艺术出版社，2005年版，第6页。

第一章 "文学电影"的源头及发展

是有这么做的自由的。"① 这种所谓的自由是一种巨大的挑战，为文学作品的电影化套上了枷锁。"需要'根据不同的镜头重新考虑作品'，光线和沉默的镜头，易理解成象征镜头，为了这个，应该忘掉小说的特色。"② 必须明确的是这种所谓忘掉并非是电影作品的去文学化，恰恰相反，是让文学作品中的文学性深刻地融入电影作品之中。"下面是让·爱普斯坦的忠告，他那时承认没有看到'原版剧本和改编剧本'的差别：我对待所有的剧本，例如原版的剧本，就把它当作是属于我的，从开始导演的第一刻到最后一刻。我在15年前读过《莫普拉》，我再重新读一遍只是为了完成电影后修改我的题目；电影《莫普拉》的主题是关于我第一次对浪漫主义非常肤浅的和狂热崇拜的理解的回忆。《阿夏家的没落》是我对于爱德加·艾伦·坡的总体印象。"③ 在电影图像的文学化转换完成之后，毫无疑问的是文学文本与电影文本已经独立成为两个单独的艺术作品。文学性可能成为两者之间的联系与羁绊，从艺术本质上来看，它们毫无疑问地归属于两个单独的作品个体。

从电影发展纵向历史来看，对于法国电影而言，有声电影之后的电影文学性，已经摆脱了从文学到电影跨门类艺术所带来的原初文学性羁绊。电影的文学性已经独立存在于电影的性质特征之中。文学作品的改编成为电影的一种特殊表达方式。"最典型的例子大概就该属于雅克·普雷维。作为超现实主义者，他给改编艺术带来了颠覆注重现实的演出准则的、富有诗意的想象力，

---

① 莫尼克·卡尔科－马赛尔、让娜－玛丽·克莱尔：《电影与文学改编》，刘芳译，文化艺术出版社，2005年版，第8页。
② 莫尼克·卡尔科－马赛尔、让娜－玛丽·克莱尔：《电影与文学改编》，刘芳译，文化艺术出版社，2005年版，第8页。
③ 莫尼克·卡尔科－马赛尔、让娜－玛丽·克莱尔：《电影与文学改编》，刘芳译，文化艺术出版社，2005年版，第8～9页。

同时夸大了由意外的不协调的图像所呈现的假象。"① 在这一时期法国导演的电影改编作品中，对白的神奇效果由于技术的发展逐渐显现出来并得到重视。对白成为电影艺术表现中与活动图像处于同等地位的元素，对白与活动图像一同组建了电影叙事完成的符号系统。从文学到电影的改编中，对白成为完成电影化的重要手段，也是电影化之后的电影文学性区别于文学的文学性的一个重要元素和佐证。对话是电影表现生活、展现艺术的一种新话语系统，也是电影语言系统区别于其他艺术的重要特质。

随着有声电影的不断发展，深受文学艺术影响的电影创作者们开掘出一种新的电影叙述方式，文学性电影不断被提出、被论证、被质疑。"安德烈·巴赞自问：'我们能看到在戏剧边上诞生了文学性电影吗？文学性电影中的剧情和对白可以拿来出版吗？'……20年后，在罗伯-格里耶的笔下，在阿兰·雷奈的摄像机的帮助下，诞生了第一步现代小说电影——《去年在马里昂巴》。"② 从某种意义上来讲，战后的法国电影在文学与电影艺术上彻底脱离了两种艺术中所指向的"文学性"。可以肯定的是，小说体裁与电影之间无法画上等号。文学性电影本身所指向的文学性关系与文学的文学性关系在概念上完成了分离。在文学作品的电影化结果后，改编不再是一个文学作品转化为电影作品的技术问题，而是更多承担了艺术价值的再创造。电影艺术的"语言"成为一种独立的语言艺术系统。电影艺术家同小说家、文学家一样，用自己特有的语言艺术系统完成对艺术作品的创作。观众以不同艺术先验经验完成对艺术作品的审美接受。"重要的不再是让观众看到左拉和福楼拜在他们写作的时候展现他们的思想

---

① 莫尼克·卡尔科-马赛尔、让娜-玛丽·克莱尔：《电影与文学改编》，刘芳译，文化艺术出版社，2005年版，第12页。
② 莫尼克·卡尔科-马赛尔、让娜-玛丽·克莱尔：《电影与文学改编》，刘芳译，文化艺术出版社，2005年版，第22—23页。

的事实,重要的是让观众听到演员的声音,是给予观众……建立在事实折射在叙述者的精神上的敏感和想象的基础上的关于真实的距离。"① 这种真实的距离正是文学的文学性与电影的文学性之间的本质区别。主体在精神领域和客观空间领域中与艺术作品之间的距离的区别,也是文学与电影艺术在审美接受过程中的重要区别特征。

随着电影艺术创作的发展,电影与文学的距离越来越远,文学性电影成为一种电影的类型或者一类电影的倾向性话语。"电影艺术家的意图,一开始就受着必须尊重文学的观念的影响,根据这种观点,在这样的一种尊重之下,电影是能够表现文学的一切的,而按照文学与剧本之间保持平衡的标准,改编变得不是那么重要了。"② 文学在电影语言发展逐渐成熟、电影语言的独立艺术性生成之后,逐渐成为电影发展的桎梏,详细的文学剧情展现反而成为电影艺术创作中的限制。因此文学在电影语言走向成熟之后,可能成为电影取材的一种方式。"德兰诺依肯定小说改编成电影工作中取得的巨大成就,并且认为,故事简陋只不过是那些为发挥个人才能而进行个性化表达的人的一个借口。"③

法国的文学性电影经历了从无声电影时期艺术家热衷把文学作品搬上银幕,以此依赖文学的影响力增加电影的商业价值,实现经济盈利;再到有声电影时期,电影语言中重要的有声语言的作用逐渐凸显,尤其是电影对白这种重要有声语言的出现,使得电影语言逐渐成熟。电影艺术的独立特征逐渐显现出来,电影与

---

① 莫尼克·卡尔科-马赛尔、让娜-玛丽·克莱尔:《电影与文学改编》,刘芳译,文化艺术出版社,2005年版,第24页。
② 莫尼克·卡尔科-马赛尔、让娜-玛丽·克莱尔:《电影与文学改编》,刘芳译,文化艺术出版社,2005年版,第25页。
③ 莫尼克·卡尔科-马赛尔、让娜-玛丽·克莱尔:《电影与文学改编》,刘芳译,文化艺术出版社,2005年版,第25~26页。

文学逐渐剥离。在不断的发展中,电影的文学性与文学的文学性之间的关系逐渐断裂。法国电影艺术家一开始注重主体创作倾向化和公众喜爱程度,后来逐渐将文学性演化成为一种电影风格化语言。改编成为一种电影创作的方式,具有特殊的重要性。

2. 法国新浪潮"文学电影"

第二次世界大战之后的法国在1958到1962年短短几年间,以戈达尔、夏布罗尔、特吕弗为代表的一大批年轻导演为首,兴起了一场影响深远的电影变革运动,在电影史上写下了浓墨重彩的一笔。其影响从欧洲至地中海沿岸再到中、日、韩等亚洲各国,再到大西洋彼岸的好莱坞,席卷全球。第二次世界大战对于物质文化和精神文化的双重摧残和压制使得电影创作越发受到束缚,加上当时存在主义哲学和精神分析法的盛行,反抗意识增强,诞生了代表作者个人意识和风格的"作者电影"论。法国新浪潮时期出现的左岸派导演,擅长和小说家、文学家联手,对于文学的痴迷促使这些导演把个人对于文字故事的解读通过摄影机、光影剪辑,转化为电影呈现出来。他们把摄影机当作写作的水笔,跳出了传统电影的叙事套路和条条框框。在思想内容上,新浪潮时期的电影具有鲜明的时代感,它们站在传统观念的对立面,反映了战后青年对于社会、对于人生的迷茫和反抗。同时,新浪潮时期的电影对于电影理论和电影语言也做出了杰出贡献,例如即兴表演、段落镜头、移动摄影、自然音响、大幅度跳接、同期声应用等,朴素自然的纪实气息一反好莱坞电影摆拍的矫揉造作之感。

在电影新浪潮运动的短短几年间,一大批堪称经典的小说被打造成为电影文本。电影创作家们普遍吸收借鉴了意识流小说中的修辞、叙事手法,突破性地探索出了一种新的把文字转化成影像的改编模式,同时也创造出了一系列经典的电影,例如阿伦·雷乃的《广岛之恋》《去年在马里昂巴德》《穆里爱》,玛格丽特·杜拉斯的《毁灭·她说》《印度之歌》以及罗伯-格里耶的《不朽的女人》等。实际上,从1908年开始,电影工业就展开了一场深刻的历史变革。电影主流受众从工人、平民阶级转向小资产阶级和贵族阶级。观众阶级的提升促进了电影艺术性的提升,电影开始全面求助于文学和戏剧中的一些经典作品。电影叙事的手法更加多样化、复杂化,电影的时空维度也有所扩展。英法两国在20世纪40年代末50年代初出现了一批所谓的"优质电影"(Cinema of Quality)。它们普遍来源于英法文学作品的改编,与同期引进欧洲的绝大多数好莱坞商业片和本土的通俗电影有着截然不同的形式风格。这些"优质电影"一反好莱坞流水线化的批量生产创作模式,更加重视电影艺术的智慧、高格调和无穷的创造力。在那个时期,"优质电影"与英法文学一同成为当时社会中优质、艺术、优雅的代名词。比较著名的"优质电影"作品有罗贝尔·布莱松在1951年拍摄的《乡村牧师日记》和让·德拉诺瓦在1946年拍摄的《田园交响乐》。法国新浪潮时期的大批优秀"文学电影"为当时战后沉闷、单调的电影市场注入了一股新鲜的活力。

(四)中国"文学电影"

1. 中国电影文学性溯源

在中国研究学者的视野中,从所有艺术的呈现上来看,电影与文学、戏剧尤为接近。在中国电影发展的特殊历史过程中,文学、戏剧不仅为电影提供了重要的养分,而且也对中国电影发展产生了深刻的影响。"电影文学和小说、戏剧文学等文艺创作一样,都要遵循文艺创作的基本法则,如通过形象化、典型化的人物、情节表达一定的思想内容等等。"[①] 由于电影发展历史轨迹

---

① 朱玛:《电影艺术与电影文学基础》,四川人民出版社,1979年版,第174页。

的不同,在文学性电影中,电影文学成为一种电影文本的创作方式,甚至成为一种文学读物。"电影文学虽然主要是提供拍摄艺术故事片的蓝本,但随着电影文学的迅速发展,电影剧作日趋成熟,同文艺小说、戏剧文学一样,它们都可以是很好的文学读物。"[1] 从这个角度来看,中国的"文学电影"中的文学性不是文学的直接转换,而是从电影文学中转换而来的。电影文学在这个维度上依然从属于一种文学作品,电影文学连通了电影文学性与文学文学性。

电影文学本身作为一种新的读本,"从一切剧情要通过演员行动、对话来表达,与运用音乐、舞台美术、音响效果、造型等综合艺术来展现看,电影很像戏剧。从题材的广泛,内容较少受时间空间的局限,细致入微的描写,反映生活的真实程度,以及从矛盾冲突展现的形式来看,电影文学更像小说"[2]。当然,电影文学还是区别于小说的。在中国电影发展的历程中,最初产生的是电影剧本的问题。"二十年代我国拍电影,事先只有故事梗概和'幕表'。到了三十年代,由于左翼作家和电影艺术家的努力,才开始有了电影文学剧本。"[3] 电影最初作为"舶来品"进入中国,毫无电影创作经验的中国电影创作者,更倾向于从本国的文化土壤中汲取电影创作的养分。因此,在早期的中国电影创作中有着浓厚的中国文化符号特征,与西方电影文化有明显的区别,两者杂糅交错。中国电影创作经历了一个探索与学习的过程,电影剧本并非一开始就有。最初的电影创作更多是即兴创作或学习模仿西方电影。故事梗概大纲和"幕表"的出现成为中国电影文学性开始有独立意识的重要的转折点。

---

[1] 朱玛:《电影艺术与电影文学基础》,四川人民出版社,1979年版,第174页。
[2] 朱玛:《电影艺术与电影文学基础》,四川人民出版社,1979年版,第176页。
[3] 朱玛:《电影艺术与电影文学基础》,四川人民出版社,1979年版,第177页。

第一章 "文学电影"的源头及发展

从电影发展的总体趋势来看,剧本创作滞后于电影拍摄。因此,电影的镜头性是电影诞生之初便有的特质。改编或者说从文学剧本改编并非是电影文学性的唯一体现。我国电影发展的初期,也基本上符合这种特质,电影的"即兴创作"产生了大量的影片。但这是否就意味着电影本身在创作的初期与文学性无关呢?实际上并非如此。中国文学艺术源远流长,在电影创作的早期,电影中的文学性意味十分浓厚。电影中的文学性体现在运用文学创作的思维来进行影片制作与拍摄。影片运用故事大纲作为拍摄的蓝本,大多数的创作基本上都是以文学的方式来完成构思和想象的。早期中国电影艺术大量地运用了传统艺术如文学、戏剧中的创作故事、经典文本以及其中的片段。除了电影以摄像的方式照搬了现实中的戏剧艺术之外,在剧情片的拍摄中,文学中的诸多手法如旁白等也普遍出现在早期的电影中。

随着电影的不断发展,故事大纲和"幕表"已经很难满足电影的拍摄和制作需求了。电影需要丢掉文学和戏剧的拐杖,逐渐向独立艺术发展。由于电影发展的这种需求,一种新的电影文学应运而生——电影文学读物出现了。电影文学剧本在这一时期已经明显地表现出与文艺小说、戏剧作品的不同。"小说中可以允许有长篇大段的叙述和描写,也允许作者加入自己的议论。电影剧作则竭力避免长篇累牍的叙述、描写和议论,因为它不适宜在银幕上表现。"[①] 电影文学剧本在创作和写作中已经出现了明显的区别。但是电影文学剧本创作与文学作品之间依然有着千丝万缕的联系。

在文学作品的创作中,中国学者很早就意识到了电影与文学不同的符号系统。"小说中的人物性格、环境描写、情节发展,都要通过形象化的语言文字,才能在读者的头脑中形成明晰可见

---

① 朱玛:《电影艺术与电影文学基础》,四川人民出版社,1979年版,第177页。

的形象。语言文字是小说的唯一表现手段，除此之外没有第二个手段。"① 在加拿大学者麦克卢汉的"媒介环境学"中，麦克卢汉认为媒介是人体的延伸，尤其是对感觉器官的延伸。可以说，纸质媒介是对人的眼睛的延伸，与纸质媒介的接触，能延伸我们的视觉感官。让我们更习惯于通过视觉来认知和建构对周围世界的看法。对应而言，文学作品的文字表达方式延伸了我们的视觉感官，在这种视觉观感中，我们通过文学艺术建构对社会生活、周围世界的看法和认知。电影作为一种视听媒介，比文学作品有着更为丰富的感官表达。视听媒介所延伸的是视觉和听觉，所以当电影出现后，一种新的感官平衡开始重构。从这个意义上来看，电影文学本身与文学文本之间的关系构建在视觉连接上存在相通之处，但是本质上却发生了变化。文学性在两种艺术之中的指向本质上是不同的。

即使是在电影文学剧本出现之后也是如此，电影在这一时期虽然承袭了文学艺术的文学性，但是本质内涵已经发生了变化。"电影文学只是给电影艺术提供蓝本和初步的形象，如同戏剧文学一样，它的艺术新光并未最后完成，戏剧还要通过舞台，电影则还要通过银幕进行再创造。他们的艺术表现手段不只是文字描述，还可以运用综合艺术中许多丰富的表现手法，电影还拥有独特的蒙太奇手段。"② 能够肯定的是，对于电影艺术与文学艺术在本质上的不同，我国学者一早就发现了。文字描述与电影之间的艺术转换，本质上发生在两套不同的艺术语言符号系统之中。电影经历了从借鉴和仿照文学，到最终形成电影自有的文学性的过程。

---

① 朱玛：《电影艺术与电影文学基础》，四川人民出版社，1979年版，第177页。
② 朱玛：《电影艺术与电影文学基础》，四川人民出版社，1979年版，第177页。

2. 中国现实主义"文学电影"

中国自古便有"文以载道"的文学观，中国传统文化是基于文学成长的文化。在中国，带有文学烙印的电影更是不计其数。作为文学历史悠久的泱泱大国，中国的文学底蕴深厚，作品丰富。中国的文学发展扎根民间，观照现实，与社会历史变革保持高度一致。

早在电影进入中国的 20 世纪 20 年代就出现了第一次文学改编电影的高潮，大批电影人对于电影艺术开始了最初的探索，但由于诸多因素导致该时期的电影技法不够成熟，艺术水平相对较低。之后文学领域的几次创作运动思潮启发并带动了电影创作高峰，相继出现了伤痕电影、反思电影、寻根电影、写实电影、改革电影等。这些作品虽然在主题、风格上各不相同，但似乎在影片的艺术魅力的阐释方法上，以及电影本身所蕴含的人文精神、文化意味上都具有某些相同点。例如《牧马人》《巴山夜雨》《野山》《芙蓉镇》等。20 世纪 90 年代是中国电影发展的黄金期，改革开放使法国新浪潮、意大利新现实主义等电影理论得以普及。新一代导演接受了专业的电影理论培训，吸收了国外诸多电影理论的精华，再加上个人对于时代的感悟，创作了一批充满诚意、风格迥异的优秀作品。陈凯歌的《黄土地》《孩子王》，张艺谋的《红高粱》，吴子牛的《晚钟》，田壮壮的《猎场札撒》等优秀作品都是在这一时期问世的。这些影片的共性是强烈渴望探索民族心理结构和文化历史，探索中华民族的发展轨迹和不同阶层、不同状态下中国人的生存境况。在那个社会发展日新月异、思想碰撞激烈的时代，文学作品和导演本身对于人性、对于社会的思考为"文学电影"提供了无限的素材灵感。

进入 21 世纪后，中国的电影创作受到好莱坞商业片的冲击，在多方因素影响下走向商业化、娱乐化，受到市场经济的严重制约，"文学电影"的发展一度停滞。近几年，随着技术主义热潮的逐步褪去，文学性似乎又再一次慢慢被中国电影导演所重视，特别是《白鹿原》《归来》《黄金时代》等影片的上映，让我们似乎看到了电影文学性又一次回归的趋势。

第二章 "文学电影"的概念

一、文学与电影的关系

在探讨文学与电影的关系之前,我们不妨把《红楼梦》当作曹雪芹写的一个电影文学剧本来分析。

"(林黛玉)自上了轿,进入城中,从纱窗向外瞧了一瞧,其街市之繁华,人烟之阜盛,自与别处不同。"①

这可看作电影中的全景。读者透过林黛玉的眼睛看到了京城的全貌,无细节描写,给读者留下一个整体的印象——京城繁华、人声鼎沸。一般在描写完这段以后,导演会采用中景或近景,于是曹雪芹便把"镜头"拉近、扩大:

"又行了半日,忽见街北蹲着两个大石狮子,三间兽头大门,门前列坐着十来个华冠丽服之人。正门却不开,只有东西两角门有人出入。正门之上有一匾,匾上大书'敕造宁国府'五个大字。"②

镜头拉近,从上一段描述京城总体印象到详细描述宁国府的大门,这便是电影中的"中景"。透过林黛玉的视角,我们能看到的只是门口有大石狮子,门房小厮身着华服以及府中人物的出入,狮子的神态、小厮的表情、出入人员的具体情况都看不到,

---

① 曹雪芹:《红楼梦》,人民文学出版社,2008年版,第37页。
② 曹雪芹:《红楼梦》,人民文学出版社,2008年版,第37页。

只能从描述中狮子的"大"、门房小厮身着的"华服"来粗略感受宁国府的气派与豪华。接着从平行视觉拉向仰角,一个特写镜头给到了匾额上,于是我们的注意力最后集中在了"敕造宁国府"这个匾额上,对中国古代历史有所了解的读者都明白,"敕"字是不能随便用的,这是与皇权有联系的,由此,对于宁国府的贵气我们便有了进一步的了解。但这样的描写还比较空洞,视觉冲击力不足。紧接着,镜头继续拉近,展现进入荣国府以后看到的景象。

"正面五间上房,皆雕梁画栋,两边穿山游廊厢房,挂着各色鹦鹉、画眉等鸟雀。"①

观众继续跟随林黛玉行走其中,对于贾府的豪华有了进一步的体验。曹雪芹采用了正面镜头——迎面而来的"五间上房",到容易忽略的仰景——"梁",再回到正面镜头——"廊""厢房",使用中景,从贾府的一隅侧面展现了其奢华程度。这个镜头比上一个镜头更为复杂,"雕梁画栋""穿山游廊",画面有了色彩感,颜色也复杂些;"各色鹦鹉、画眉"也增添了些许"气息"。因为有了活物,我们眼前呈现的画面立马就有了生气,不能移动的厢房、梁、山、廊与活泼的鹦鹉、画眉同时出现在镜头中,动静结合。但是曹雪芹这位"导演"并不满足于此,因为贾府的主要人物还未出现。她们怎么出现?他的镜头还在继续:

"不一时,只见三个奶嬷嬷并五六个丫鬟,簇拥着三个姊妹来了。第一个肌肤微丰,合中身材,腮凝新荔,鼻腻鹅脂,温柔沉默,观之可亲。第二个削肩细腰,长挑身材,鸭蛋脸面,俊眼修眉,顾盼神飞,文彩精华,见之忘俗。第三个身量未足,形容尚小。其钗环裙袄,三人皆是一样的妆饰。"②

---

① 曹雪芹:《红楼梦》,人民文学出版社,2008年版,第38页。
② 曹雪芹:《红楼梦》,人民文学出版社,2008年版,第38~39页。

第二章 "文学电影"的概念

"一语未了,只听后院中有人笑声,说:'我来迟了,不曾迎接远客!'"①

"这个人打扮与众姑娘不同:彩绣辉煌,恍若神妃仙子。头上戴着金丝八宝攒珠髻,绾着朝阳五凤挂珠钗;项上带着赤金盘螭璎珞圈;裙边系着豆绿宫绦,双衡比目玫瑰佩;身上穿着缕金百蝶穿花大红洋缎窄裉袄,外罩五彩刻丝石青银鼠褂;下着翡翠撒花洋绉裙。一双丹凤三角眼,两弯柳叶吊梢眉,身量苗条,体格风骚。粉面含春威不露,丹唇未启笑先闻。"②

以上三处镜头,曹雪芹从林黛玉的角度讲述了她第一次见"三春"和王熙凤的场景。从中景到近景,人物的特点、气质十分鲜明。为了缓和气氛,"三春"出场以后,镜头中还出现贾母"睹人思人"——因见到外孙女而思念故去的女儿,把对女儿的疼爱转移到外孙女身上。紧接着,镜头再次调转,王熙凤出场了。王熙凤现身在景框之前,她的声音先出场,我们的注意力一下子从贾母安排黛玉"配药"的场景集中到这个声音上来。接下来,镜头转到了王熙凤身上,从头饰到裙子,"导演"用了近景和特写,详细展现了她的衣着,然后回到了她的脸上,"丹凤三角眼""柳叶吊梢眉""粉面含春"和"丹唇",并且详细表现了她的神态。

在这一组镜头中,曹雪芹精确把握了可见事物的范围,用了几组镜头,从第一次来京城的林黛玉的眼中,我们看见了京城的全景、门口的中景、厢房的中景,最后是人物的近景和特写。在这几组镜头中,既有静止的物象,也有富有生气的动物和人物。镜头中的场景色彩饱和,画面感强烈。这一系列的蒙太奇句子中包含了作者想要展示的一切,且无多余的部分,我们看见了彼时

---

① 曹雪芹:《红楼梦》,人民文学出版社,2008年版,第39页。
② 曹雪芹:《红楼梦》,人民文学出版社,2008年版,第39~40页。

的京城、看见了阔气的贾府、看见了主要人物的第一次出场，通过这样的场面表现及其剪接法，我们进入了故事。

曹雪芹生活在电影还未出现的年代，所以不能说他的创作受了电影的影响，举这个例子，是想要说明文学和电影的联系是如此紧密，电影的特点往往也是文学本来就具有的特点。

前文已提到，文学和电影之间是密切关联的，在我国20世纪60年代出版的《中国当代文学史稿》中，电影就被纳入文学范畴，但这引起了不小的争议。而电影的文学性这个问题，迄今为止学界仍未达成一致。有的学者认为，谈电影的文学性会让电影丧失自己的特性，电影性会被遮蔽，从而阻碍电影的发展。这种说法不正确，强调电影的文学性并不会阻碍电影的发展，相反，会推动电影的发展。也有学者认为，电影的文学性和电影性是互相对立的。其实不然，这二者其实是电影的两个不同的方面。电影的文学性为电影的思想艺术提供一定的基础，起支撑作用，而电影的电影性又是电影之所以成为电影的特性，是另外一个基础。文学性融入电影中，增强电影性，电影性反过来对文学性做出更高的要求，二者互相推动。因此，电影是具有文学性的，这点是毋庸置疑的。本章节中我们将从另外一个角度梳理文学与电影的关系。

在梳理"文学电影"之前，我们先要厘清电影、文学与艺术的关系。

文学从一开始就被认为是一种艺术，这一点无论从东方还是西方的文学起源来看都是成立的。中国文学起源于诗歌："文学的起源是诗歌，亦韵文先于散文。"[①] 根据郑玄的说法，诗起源于唐尧虞舜时期，最早的诗歌是《击壤歌》："日出而作，日入而息，凿井而饮，耕田而食。帝力于我何有哉？"从这首诗的名字

---

① 钱穆讲述，叶龙整理：《中国文学史》，天地出版社，2016年版，第6页。

来看，就知道其本身是一首歌，朗朗上口，颇具韵律和节奏感。上古时期，艺术正处于萌芽时期，往往与宗教或某种仪式相关。《吕氏春秋·古乐》里就曾记载"昔葛天氏之乐，三人操牛尾，投足以歌八阙"。由此可见，诗乐舞是不分家的，大部分的诗歌都可以用来表演，文学与艺术是一家。在西方同样也是如此，古希腊－罗马文学和希伯来－基督教文学是欧洲文学的来源，一部《荷马史诗》孕育了欧洲后来无数的文学作品。而古希腊文学正是从神话开始的。神话是生产力低下的反映，人们用想象中的神话故事去解释各种自然现象，幻想人类能支配大地，征服自然。神话中包含动人的故事，以及极具时代特色的建筑、绘画、雕塑等，极大地推动了当时艺术的发展。共同孕育于神话的文学和艺术关系密切。

电影被称为"第七艺术"（乔托·卡努杜）。早在20世纪80年代，中国学界就有学者持这样的看法："电影是一种综合的艺术：集文学、戏剧、音乐、舞蹈、美术和建筑为一身，是一种真实可见的表现思维空间的艺术。它能高度地、有机地把其它艺术综合进去，交融在一起，形成一个新的艺术门类。"[①] 电影和艺术被不可分割地联系在了一起，进一步而言，电影在其萌芽期经由艺术就已经与文学产生了关系。在其发展过程中，与文学的关系更加密切。

电影诞生于19世纪。1895年12月28日，法国人路易·卢米埃尔和奥古斯特·卢米埃尔兄弟，改良已有的摄影技术，在巴黎普辛路14号咖啡馆正式使用"活动影戏机"放映了《工厂的大门》《水浇园丁》等影片。而在不久之后的中国，1896年8月11日，法国商人在上海徐园茶楼内的"又一村"放映了西洋影

---

① 吴伯义：《电影的文学性和电影的文学特征》，《包头师专学报》1987年第1期。

戏。1905年,北京丰泰照相馆制作了中国人自己的第一部影片《定军山》,这是一部记录性的戏曲片。中国第一部有故事情节的无声黑白短片《难夫难妻》则出现在1912年。电影的发展速度飞快,但是在当时却出现了危机,尤其是1907年到1908年,人们由最初的新奇,到发现电影是如此乏味。当一些题材较为复杂、有心理描写情节的故事进入电影人的视野时,却受困于电影的叙述方式:怎样在十分钟之内将复杂的故事完整呈现(因为最开始,电影的放映时间很短暂,一般不超过10分钟,它们更像是有系统的"活动照片")?在这种背景下,电影当然不可能与已经十分成熟的戏剧市场竞争。电影的发展受到极大威胁,电影人开始向文学求助。于是,法国的拉菲特兄弟开始想办法,他们邀请当时在法国赫赫有名的作家来创作新的剧本,邀请著名的演员、优秀的布景师和音乐家,全面提升电影质量。他们制作的《吉斯公爵的被刺》大获成功,演员们的表演并没有因为"无声"就大失水准,反而更注重姿势和表情,导演要求演员放缓动作,这在当时属于创新的演技。从拉菲特兄弟成立"艺术影片公司"开始,百代、高蒙、闪电等公司也都开始摄制自己的艺术影片。安德烈・安东尼更是把左拉在《戏剧中的自然主义》中提出的理论运用于电影,并把大量名作家的作品搬上银幕,如《科西嘉兄弟》《罪人》等,电影的文学性得到凸显。这种从文学中汲取养分的做法,直到今天也还十分有用。导演C.格拉西莫夫就曾说过,"文学是一切艺术中间具有最大容量和最高智慧的艺术。正是这些主要方面,使得文学在一切精神财富中间按其在社会发展中的地位和意义而言,具有不可动摇的位置"[①]。纵观电影史,我们不难发现,不论是中国文学文本还是外国文学文本,都为电

---

① C.格拉西莫夫:《电影导演的培养》,中国电影出版社,1981年版,第143页。

第二章 "文学电影"的概念

影提供了大量的资源。单以莎士比亚的戏剧《哈姆雷特》为例，就有1948年劳伦斯·奥利弗的《王子复仇记》，1970年大卫·吉利斯的《哈姆雷特》，1983年里克·莫拉尼斯和大卫·托马斯的《神奇酒酿》，1990年佛朗哥·泽菲雷里的《哈姆雷特》，1990年凯文·克莱恩的《哈姆雷特》，1994年罗杰·艾勒斯和罗伯·明可夫的《狮子王》（动画片），1996年肯尼思·布拉纳的《哈姆雷特》，2006年冯小刚的《夜宴》等不同国家的不同版本。文学对于电影的重要性不言而喻。

而早在20世纪40年代，便有人提出"电影的文学性"这个问题了。在中国学界，关于"电影文学"的界定曾经存在着以下几种说法：

基础说。其代表人物是陈荒煤、余倩和王心语，这一派别的主要观点为："电影文学剧本是影片的基础；电影文学创作的发展和繁荣，是电影艺术发展和繁荣的首要条件"[①]；"电影文学剧作是导演创作构思的依据"[②]；"电影文学是用文学的方式提供银幕形象的蓝图。"[③]

分支说。代表人物是于敏、白景晟等，他们认为"电影文学是文学大家族里的一个分支"，"电影要丢掉戏剧的拐杖"[④]。

依附说。代表人物是邵牧君，"我们可以为电影文学作出如下的界说，即电影文学是已经存在的影片的全部思想和艺术内容的文学记录作品，一部电影文学作品不能脱离为它的视听对等物的那部影片而独立存在"[⑤]。

等同说。代表人物是张俊翔，他认为电影又是文学，"真正

---

① 陈荒煤：《不要忘了文学》，《电影剧作》1982年第1期。
② 余倩：《电影导演基础》，《电影评介》1984年第2期。
③ 王心语：《用电影思维发现生活》，《电影新作》1983年第6期。
④ 于敏：《未完成的作业——关于电影思维》，《电影新作》1984年第1期。
⑤ 邵牧君：《电影、文学和电影文学》，《文学评论》1984年第1期。

的电影文学的完成形式是最后在荧幕上放映出来的影片","电影文学就是用电影手段完成的文学"。

区分说。代表人物是郑雪来,他认为"电影剧本、分镜头剧本、影片记录并不能被统称为电影文学,真正的电影剧本是可以与诗歌、小说等并列的"[1]。

本性说。代表人物是刘树生,"电影的文学,或文学中的电影,也就是用文字叙述电影综合艺术全貌的一种独特的文学形式"[2]。

本性说在当时占据主流,大多数学者都认为电影文学应兼具电影性和文学性。

这两种艺术形式存在共性,也各有其特殊性。就现代社会而言,它们在某种程度上互相影响,电影为文学提供了新的维度,电影思潮也促进了文学的创新与发展。有学者认为电影如果没有文学作为基础,它的其他艺术特性就无法体现出来。文学不仅为电影提供了大量剧本来源,而且也在艺术手段方面推动了电影的发展,如蒙太奇手法。蒙太奇最初是一个法语词汇,用于建筑方面,意思是将不同的材料按照一定的设计进行组装,使其构成一个整体。而用于电影方面的蒙太奇则专指镜头组接的技巧,透过镜头与镜头之间的组接,形成某种造型,使得观众能更深刻地理解作品的意义。假如有三个镜头:(1)庭院,(2)儿童手里拿着水管大笑,(3)盆中的狗狗。将这三个镜头按照顺序组接起来,就构成了一幅完整的画面,即在庭院里,孩子正在给狗狗洗澡,并且十分高兴。观者甚至可以进行更深层次的联想,这就比三个单个镜头的分别出现有了更深的含义。蒙太奇还有其他的应用,如创造时空、促进声音与画面的结合等。

---

[1] 郑雪来:《漫谈电影剧作的发展过程》,《电影新作》1982年第6期。
[2] 刘树生:《关于电影文学的形式问题》,《电影文化》1980年第二辑。

第二章 "文学电影"的概念

普多夫金就曾认为蒙太奇是电影艺术的基础,但是蒙太奇的出现其实也得益于文学,爱森斯坦曾认为格里菲斯创造平行蒙太奇就源于狄更斯的小说。狄更斯生于19世纪初,那时还没有电影,但是在其作品中,格里菲斯却发现了萌芽中的蒙太奇。我们以《双城记》为例。《双城记》讲述了年轻的巴黎医生马内特被掳走并囚禁于侯爵府中,目睹惨剧发生,试图写信告发却被囚禁,留下妻子独自抚养女儿;18年后,医生被释放,但是忘记了发生的一切,后来女儿找到他,在女儿露西的照料下,医生的病情逐渐好转;而侯爵的儿子达尔奈却因为不愿继续家族的罪恶,自我放逐,后与露西相爱;大革命到来,达尔奈被捕,一直爱慕露西的卡顿自愿替达尔奈死,于是,医生一家顺利返回英国。在这部作品中,狄更斯实现了时间的空间化和空间的时间化。前者是指几个平行空间同时进行叙事,后者指同一空间内随着时间的流逝进行叙事描述,这就是福柯所说的:"文学叙述中时间被凸显出来,但仍被透露空间如何被编排秩序,以及与空间的关系如何能够界定社会行动。"① 就空间而言,故事同时在巴黎和伦敦发展,读者的情绪在宽容和仇恨之间反复变化。例如,克朗彻先生和普洛斯小姐在进行对话时,"这时,德伐日太太正沿着大街走来,越来越近了"②,"而德伐日太太只不过咫尺之遥","脸盆摔落了,来到了德伐日太太脚边"③,简明有力地表现了在克朗彻先生和普洛斯小姐对话发生的同时,德伐日太太来了。但是狄更斯不是分成两部分叙述,而是穿插着进行,形成了强烈的对比,营造了一种紧张感,两人可用的时间随着后者的到来更加少,矛盾似乎越来越尖锐,在这样的背景下,故事被推向

---

① 福柯:《规训与惩罚》,刘北成、杨远婴译,生活·读书·新知三联书店,1999年版。
② 狄更斯:《双城记》,清华大学出版社,王勋等编译,2009年版。
③ 狄更斯:《双城记》,清华大学出版社,王勋等编译,2009年版。

高潮。格里菲斯正是受到这种影响，创造出后来被称为"格里菲斯的最后一分钟营救"的平行剪辑手法。当然在他的影片中，不止两个时空或者两条线索，也不止在结尾处使用，在影片《小麦的囤积》中，他的这种平行剪辑就得到了运用。故事在三个地方平行发生——乡下、面包店、股票经纪办公室，分别发生着三件事情，贫苦的麦田种植者的生活、惨淡的面包商的生意、股票经纪人安逸的生活，而这三个故事里的人物和情节并没有交叉，通过穷人、富人的生活对比，故事逐渐走向高潮。这样的例子在其后来的影片中更加常见，据统计，在他的有些影片中，其镜头数远远超过同期其他电影的镜头数量。

回顾中国古代文学史，我们会发现，与狄更斯毫无交流可能性的中国文人早在元代就曾使用过这样的手法。比如元代曲人马致远的小令："枯藤老树昏鸦，小桥流水人家，古道西风瘦马。夕阳西下，断肠人在天涯。"若是用镜头表达，则是"枯藤—老树—昏鸦—小桥—流水—人家—古道—西风—瘦马—夕阳西下—断肠人"。前9个镜头按照排列的顺序组接起来，构成了一幅悲凉的画面，最后再用两个镜头点睛，这样的组接手法即使在无声电影时期，仍能使观众感受到作者所描绘的"无处话凄凉"的氛围。即使是不了解中国诗歌传统的人，甚至不会中文的人，透过这样的画面也能感受这样到的情感，因为"悲凉"是全人类共有的情感。电影在此时突破了文字符号的界限，用画面传递情感。

以上，我们主要讲了文学手法对电影手法产生的深远影响，除了这个方面，文学也在审美维度上对电影产生了深刻的影响。

文学是时间塑造艺术形象的延续方式，而电影也具有运动性，这使得二者在这方面达成共识。马赛尔·马尔丹认为电影是一门时间艺术，乔治·普鲁斯东也认为电影最接近能表达时间的流动性，余倩也曾说："从文学获得反映社会生活的叙述性，获得用叙事手段从现实关系、现实社会矛盾及其发展变化中，通过持续动作的叙述和描写,多方面展示人物的命运,展示个性鲜明性格的可能性。"①

另外,几乎每次文学思潮的发展都会推动电影理论的发展,比较突出的例子是欧洲的艺术电影。

艺术电影是一个比较复杂而且指向性不太明确的概念。众所周知,纵观电影的发展,电影人一直致力于追求电影的艺术性,早在20世纪初期,就有"电影艺术运动"——先锋派电影,但本章所讲的"艺术电影"专指第二次世界大战后出现的叙事电影,其发展持续到现在。20世纪30年代,第二次世界大战爆发,多年的战争给世界带来了巨大的变革:世界版图被重新划分,政治经济格局发生改变,人们的世界观、价值观受到巨大冲击,而在文化和文学方面的反映就是后现代主义思潮登上历史舞台。这直接推动了"艺术电影"的发展。需要指出的是,后现代文学中的"后"被认为有两种意义:一是延续现代主义文学传统,另一种却是对现代主义文学的反叛。不同于通常意义的流派和思潮,后现代文学并没有自己统一的具体的作家和批评家群体,也没有共同的纲领和主张,它是一种去中心的多元文学,有不同的标准,但以下几点是确定的:第一,反传统,反现代主义文学,解构传统的小说、诗歌和戏曲;第二,怀疑甚至否定文学的价值和本体论,认为作家的创作和读者的阅读都只是一种表演和操作,是为了享受这个过程所带来的愉悦感;第三,认为世界是碎片化的、无中心的、无结构的,因而作品也应该是碎片化的,读者无法追溯作品的终极意义,有很强烈的不确定感。受这种思想的影响,电影引以为傲的"真实"也被解构了。"真实"曾被认为是电影最吸引观众的地方,画面、尤其是后来声音的出现更是使观众有了身临其境的体验。但是,第二次世界大战以

---

① 余倩:《电影导演基础》,《电影新作》1983年第2期。

后，连世界的"真实性"都受到了挑战，更别说电影的"真实性"了。波德维尔就认为经典电影把"真实"当作事件中一种心照不宣的连续性，但受到文学现代主义的启示，艺术电影叙事却对真实的定义提出了质疑：世界的法则也许不得而知，个人心理也许无法确定。这里，新的美学原则宣称捕捉到另类"真实"："客观"真实的无序世界和被称为"主观"真实的流动状态。这里的文学现代主义应该是指后现代主义文学，正是由于战争打破了人们心中固有的稳定感，解构了人们固有的认知，统一欧洲较长时间的"逻格斯"主义崩塌，才使得人们走向了不稳定、破碎，开始质问何为"真实"，何为"梦境"，于是就产生了波德维尔的上述看法。

  文学上的"碎片化""解构一切"的主张更为明显地体现在艺术电影的题材选择方面，以伯格曼的《野草莓》为例。《野草莓》讲述了年迈的医学教授伊萨克回母校接受荣誉学位，在途中，儿媳复述他的话，使他回忆起了往事，思考自己的过去。通过这段反思，教授实际上救赎了自己，这趟接受荣誉之旅也是他的一段心灵救赎之旅。实际上，这个时候的教授正处于危机时刻，他正怀疑生命的意义。这部影片中，人们固有的时间概念被打破，导演借鉴了文学上的"意识流"手法，穿插"闪回"，观众不是被动地接受，而是主动出击，利用主人公释放的各种信息，在脑海里重组事件。影片一开始就是在宠物狗的陪伴下，一位老人坐在书桌前用内心独白的方式回顾自己的生活，介绍自己的家庭，伊萨克语调缓慢，声音低沉，画面呈现一种安宁的感觉。接下来镜头一转，伊萨克睡着了，等待他的并不是甜蜜的梦乡，他的脸出现在画面的中间部分——这是一个特写镜头，一束光线打在他的脸上，周围是漆黑的，观众可以看到他眉头紧锁，咬着下唇，头不时地左右晃动，"我做了一个奇怪而可怕的梦"。接下来他梦中的场景出现在银幕上，他走在空无一人的大街上，焦急地寻找着什么,他迷路了,阳光将他的影子拉长,处于阴影部分的建筑物显得阴森而恐怖,空空荡荡的街道上只有他的脚步声。突然他看到了钟表,把自己手中的表与这个表对了对时间,他收起自己的表,这时,一阵咚咚咚的声音越来越大,似心跳声又似钟表声,渲染了一种不安而且冰冷的氛围。停歇了片刻,伊萨克继续往前走,凝视片刻,返回,导演用一个长镜头表现了他来回走的过程。镜头跳转,近景,他发现了一个背对他的人,转身,他犹犹豫豫地走向此人并轻拍此人的肩膀,那人转身,镜头转向伊萨克,他满脸惊恐,十分害怕,强光下,他脸色苍白,镜头转回到那人脸上,那是一个只有脸,没有眼睛,戴着帽子的怪物。突然怪物被击中,化成一摊血水,惊讶中伊萨克继续往前走,转角处,他看到了一架灵车奔驰而来,马车撞上了路灯,棺木被撞到地上,棺木里的人突然伸手拉住了他,他发现棺木中的人竟是自己。惊吓中,他醒来,时钟的声音在耳边响起。这几组镜头只有不到八分钟的时间,采用的不是线性叙述,而是追随着伊萨克的梦境。至于无眼怪物是谁?被谁击中?梦中那个躺在棺木中的人为何会是伊萨克本人?他又为何要伸出手?导演没有给出答案。观众需要主动出击寻找答案,因为接下来的镜头转向伊萨克醒来,神色平静地准备开启去领取荣誉学位的旅程,与阿格达小姐斗嘴,与儿媳开车去大学。看完全片以后,观众可能才知道这段旅程其实是教授发现自我的过程——在车上,儿媳复述了伊萨克的一些尖酸的话,实际这也是帮助他认识自我的一种方式。影片最后再次以伊萨克的梦结束,梦中,他的儿媳带着他找到了他的父母,此时,配乐轻快,伊萨克看着不远处的父母戴着草帽悠闲地钓鱼。光线不再是一开始梦中那种强光,而是十分柔和,他浑浊的眼中流露出一种安宁。此时出现了一个近景和叠印,梦中他柔和的表情和现实中睡着时面带微笑的面孔重合,伊萨克从梦中醒来,带着满足,影片结束。这与影片开头他从梦境醒来后的表情形成了鲜明的对比。

这部影片的思想以及在这种思想指导下的呈现都符合后现代文学的特色。影片主要探索人类心灵的救赎，这个话题就具有后现代性。影片采用了循环往复的叙事方法和结构，一反传统按时间顺序的叙述，在叙述中我们跟随伊萨克的意识时而在他的梦中，时而回到现实中，一起回顾了他的一生（在这里我们似乎能很容易联想到《百年孤独》）。这种叙述似乎比较凌乱，没有一条线索使得观众能清晰地知道发生了什么，但实际上，线索是很明确的，那就是伊萨克的意识流，他的意识流淌到哪里镜头就跟随到哪里。另外，这部影片中蕴含着大量的象征与隐喻，如无眼人、棺木中的伊萨克、影片最后的"野草莓"等都被导演赋予了特殊的指向意义。由此可见，除开电影固有的一些特色，如光影画面、镜头、景深等，我们完全可以把这部电影当作一部文学文本进行解读，这与本章开头把《红楼梦》当作电影剧本进行解读本质上是一样的。

再回到电影的真实性来看，即使第二次世界大战后客观世界的真实性都受到挑战，但受写实主义的影响，艺术电影的真实性似乎仍然是存在的。演员们在真实的现场讲述真实的事情，观众似乎仍然有身临其境的感觉，只是这种真实更多的是依赖心理因素建立起来的。作为高度主观化的电影形式，艺术电影也借鉴了文学创作中惯有的梦境、回忆、想象、意识流等，同时，又运用电影所特有的镜头、剪辑、画格、声音等技术手段。这样做一方面凸显了艺术电影本身的特点，即不以解决问题为主，保持含混性，生活的意义或者本质在不确定性中被反映出来；另一方面，电影的真实感也得到了保证。

文学对电影产生了如此大的影响，那么电影反过来对文学产生了怎样的影响呢？我们不妨从电影推动了经典文学作品的传播方面以及电影对文学审美层面的影响来探讨这个问题。

第二章 "文学电影"的概念

毋庸置疑，电影，尤其是改编自经典文学作品的电影实际上在文学作品的传播中起到了积极的作用。据调查，普通市民平均每天至少花 4 小时观看影视作品，而随着手机功能越来越强大，这一时间还在增加。相比文学作品，影视作品的视觉冲击更强烈，而且受众在获得审美愉悦时会觉得更加轻松。众所周知，文学作品的创作必然牵涉到作家的生活、某些观点或信仰，读者在阅读过程中，想对作品有更深入的把握时必然要考虑到上述因素。那么在进行阅读时，读者必须同时要对作家的背景有所了解。电影作为新的媒介手段，积极调动声音、画面等因素，利用镜头的组接使得文学作品既能保持其原有的主线又能突破文字的限制，将其直接呈现在观众面前。比较明显的例子就是 20 世纪二三十年代，好莱坞无声电影进入中国，掀起了观影热潮，看电影成为时髦。在当时，即使普通工人也会拿出自己收入的一部分来看电影，除了虚荣心的驱使外，更是享受一种审美愉悦，在疲惫不堪的工作以后，寻找放松自己的机会。即使存在着明显的文化差异，这些舶来品仍然为中国人带来了快乐，毕竟人类拥有共通的情感，如同钱锺书先生说的："东海西海，心理攸同；南学北学，道术未裂。"

电影作为新生的媒介，可以在字、图、影、音之间穿梭。随着技术的发展，3D 电影已经普及，人们可以更加"真实"地体验电影中的各种场景，似乎可以与片中人物进行交流；4D 电影除了保持 3D 电影的视觉效果外，还引入了震动、风吹、烟雾、气泡等效果，观众可以从听觉、视觉、嗅觉、触觉等方面全方位地体验电影。我们不禁期待，未来会不会出现 5D 电影呢？5D 电影又会带来什么呢？科技再次刷新了观众的体验，电影以及其他媒介对观众的吸引力越来越大，文学似乎在衰落，这样的现状对当代文学产生了较大的影响，其中引起较大关注的就是文学研究越来越重视媒介研究，视觉思维与影视逻辑已经开始进入文学的内部，深刻改变了文学中某些类型，如小说的生产方式、叙事方式、语言表达方式和自身的逻辑，现代的小说出现了与20世纪不同的发展方向，变得越来越剧本化、通俗化、平面化。同时，文艺学科扩展、版图重新分配、理论构型机制改写也是文学受到新媒介冲击以后的结果。

本节讨论了文学与电影的关系，二者均对对方产生了影响，当然文学对新生的电影的影响似乎强于电影对文学的影响。进入新时代以来，文学对电影的主导作用似乎在减弱，随着电影和其他新媒体的发展，新媒介对文学的影响似乎在加强，后续还会产生怎样的影响，我们拭目以待。

二、"文学电影"的概念

前文已经对电影的文学性进行了简要的梳理，这里我们将主要梳理"文学电影"的概念。一直以来，"文学电影"的概念比较模糊，学界长期认为"文学电影"是较难界定的。在本节中，我们将从不同的角度探讨"文学电影"的概念。

在界定"文学电影"之前，我们先来谈谈文学的电影化问题。因为历史上就曾有学者将其界定为文学的电影化。正如前文所探讨的，电影一方面深受文学影响，不可避免地产生文学性的一面；另一方面电影独有的电影性又试图排挤它的文学性，因此我们认为"文学电影"不是单纯地指文学电影化。

从19世纪晚期电影诞生到20世纪初期，电影就像我们记的流水账一样，机械地记录生活，如卢米埃尔兄弟拍摄的《水浇园丁》，影片极短，不到一分钟。影片一开始，就是一位园丁双手握着水管在花园里浇水，几秒钟以后，一个顽皮的小男孩用脚踩住水管，水管头不出水了，园丁并不知道小男孩的恶作剧，握着水管头寻找原因，突然小男孩松开脚，水管又能喷出水了，喷出的水把园丁的帽子掀翻，园丁发现是小男孩在踩水管，于是转身

第二章 "文学电影"的概念

追逐小男孩,小男孩跑开,园丁继续浇水。卢米埃尔兄弟在拍摄这部影片的时候,虽然注重影片的叙事——该片拥有完整的故事结构,借鉴了许多戏剧化的表现手法,比如设置悬念。但就电影拍摄而言,并没有过多地使用拍摄技巧,比如《火车到站》中使用的景深特写、镜头连接等。在《水浇园丁》中,卢米埃尔兄弟只是记录了这段恶作剧。构图简单,背景相对杂乱,似乎更像是随手拍摄。当时电影还处于发展的儿童期。到了梅里爱时期,他并不满足于此,希望提升电影的价值,当然更直白地说是希望吸引更多的观众到电影院来。于是他把目光转向了文学这座宝库,他继承了卢米埃尔兄弟试图通过电影讲故事的传统,许多的魔术剧、科幻剧被他搬上了银幕,如《太空旅行记》《贵妇人的失踪》《橡皮头的人》,当然也少不了经典名著,如《格列佛游记》。同时他也不满足于前人们简单的拍摄技巧,开始对不同的技术进行尝试,如停机再拍。他甚至将模型运用于拍摄中,形成特技摄影法,采用多次曝光等技术。技术在他这里成为目的而非手段,蒙太奇的概念也得到了运用,他对幕景的使用也有特别的技巧,他擅长把舞台装置和照相馆的背景结合,用水彩综合仿真背景。除了这些,梅里爱对演员也有独特的要求,他要求他的演员模仿舞台剧的表演,他不按生活的实际情况设计剧情的发展。从这时起,电影不再是单纯的记录流水账的工具了,电影中有了叙事、有了技巧、有了想象,浪漫主义和现实主义在电影中并存,电影不再偏向于纪实,而开始向文学靠拢。这对后来的电影人产生了极大的影响,例如格里菲斯就曾公开承认自己深受梅里爱的影响。

这么看来,电影借用文学的手法将文学作品搬上了银幕,"文学电影"似乎就是文学的电影化。

在国内,也有学者持有这样的看法。在中国电影发展过程中，先驱黎民伟曾被认为是"早期文学电影的开拓者"[①]，黎民伟先生创办了多个电影公司，一生编写、拍摄了多部以文学作品为蓝本的电影，包括《庄子试妻》《虞姬舞剑》等。但这些改编的文学作品是否就能被称为"文学电影"了呢？它们的叙事风格是怎样的？"文学性"又体现在哪里？这一系列问题都值得商榷。

当然，也有学者有不同的看法，他们认为"文学电影"不等于单纯电影化的文学作品，电影和文学不同的属性决定了文学经典在被搬上银幕之后就不再是文学作品，其属性就已发生改变。这两种艺术门类的语言是不同的，从文字性符号变成视觉性符号，受众也在发生变化，受众的期待视野也是不同的。由于时间限制，文学作品在成为电影剧本之后，必然会被改编，剧情会发生变化。另外，电影和文学有各自的叙事方式，即使这两种叙事方式彼此之间有共通性，但其差异还是很明显的。

"文学电影"隶属于电影，但与一般的电影不同，其作为一种特殊的电影形态，有特殊的外在特征和本质属性。它的本质属性通过一系列外在特征体现出来。文学以文字诠释文本意义，电影以视觉符号诠释文本意义。年轻的电影向文学、文化靠拢的现象是普遍的。通过前面章节的叙述，我们发现电影的叙事性特征使得电影必然以文学叙事机制为基础，向文学借鉴，二者具有很多相似之处，但文学模式仅仅是电影发展的众多道路中的一种，并且随着电影的日趋成熟，正试图以脱离其文学性为前提谋求自己的发展，追求电影的本体化。电影的文学性关系到电影中符号的能指与所指、扮者和动素的位置关系。一旦使用文学中的诸多叙述、抒情、修辞手法进行抽象叙述，影片的内涵精神便与故事层的具象表达产生了距离。即使在文学中，其能指与所指有时候

---

① 凤群：《黎民伟：中国早期文学电影的开拓者》，《北京电影学报》2008年第2期。

第二章 "文学电影"的概念

也不完全一致,存在着"言不尽意"的现象,而电影中这种情况也非常常见,这个距离空间则会转化成为新的意义阐释者。比如电影《查令十字街84号》,该片主要讲述了纽约女作家海莲与她远在伦敦的书商佛兰克之间长达二十年的通信,双方虽然不曾谋面,但是却建立了深厚的友谊,海莲会给饮食受到限制的佛兰克寄送火腿等食物,佛兰克会长途跋涉为海莲寻找旧书。观众若不了解导演和编剧想向读者传达什么,就会不理解情节的设置。全片节奏缓慢,彼此用写信的方式向对方讲述自己的故事,在信中提及自己身边发生的故事,分享生活。那么双方的信件内容除了可以让观众知晓海莲和佛兰克发生了什么有趣的事情,还有什么新的意义可以阐释呢?这种新意在现代这个节奏快、压力大、人与人交往越来越少的世界,是非常具有价值的。他们彼此从来不在信件描述自己不愉快的事情,都是传递生活中的快乐和温情,这时信件不仅是他们之间的传递工具,也在向观众传递着温暖、质朴、超越男女爱情的人间大爱以及积极乐观的情绪。

所谓的"文学电影",与文学在表达方式、叙事手法、修辞手段上都有许多相似之处。它在电影基本的表意叙事功能的基础上,又多了一重文学性的特色。文学性使得"文学电影"普遍具有文学那种对人性的深度剖析、对人类生存境况的哲理思辨能力,去除商业电影中的追求奇观美的诉求,凸显"作者"气质。下面我们先来关注其"文学性"。

"文学性"作为一个术语,被广泛认为最先是由俄国形式主义(1915到1930年间在俄国出现的一种文学批评潮流)支持者们提出来的。在《俄国形式主义:历史与理论》一书中,埃利希用英文中的"literariness"来对应俄语中的"文学自身规律"一词,即文学性。他将这个词理解为俄国形式主义最为核心的概念,并进行推广,1965年该书再版并被认为是研究俄国形式主义的权威书籍,"文学性"地位由此确立。俄国形式主义代表人物之一的雅各布森就认为"文学性"是使得文学之所以成为文学的那种东西。亦即我们所说的文学的本质特征。文学批评不应仅仅关注文学的社会意义或者道德意义，而应回归到文学本身。而同时期的鲍里斯·艾亨鲍姆认为文学性主要存在于语言层面，文学语言有自己的特征。比较典型的例子就是"窗格雕镂颇细，使人起柔腻之感。窗格里映着红色蓝色的玻璃；玻璃上有精致的花纹，也颇悦人"①。这是朱自清在《桨声灯影里的秦淮河》中描述秦淮河上的大舱船时使用的句子。这就是文学语言，与我们的日常用语是不一样的，在我们的日常用语里，一般是不会使用"颇""柔腻"这些词的，也很少使用物作主语，较为口语化的使用是"很"，描述某人对某物的感受也是用人作主语。为了使语言文学化，具有文学特征，作家们需要对语言进行变形，即所谓陌生化。在国内，周小仪曾对"文学性"做出这样的概括："作为文学的客观本质属性和特征的文化性；作为人的存在方式的文学性；作为一种意识形态实践活动和主体构建的文学性。"② 由此可以看出来，不论在国内外，理论家们都认为文学性是文学的本质特征。

　　文学性作为文学的一个本质属性，深刻影响着文学的叙事方式。根据赵毅衡教授的观点，事件本身不携带意义，等待被讲述，而当叙述主体将自己的意图植入文本时，故事或情节才会有意义。也就是说，叙述主体的叙述方式、叙述选择会对故事或情节产生决定性的影响，叙述主体决定了故事或情节的意义。我们以普鲁斯特的《追忆似水年华》为例，这部作品被认为是意识流小说的源头。这部小说分为七个部分，讲述了叙述者马赛尔在古堡中醒来，回忆往事。小说中有几个重要的时间节点，我们先将

---

① 朱自清：《朱自清散文经典全集》，北京出版社，2007年版，第1页。
② 周小仪：《文学性》，《外国文学》2003年第4期。

第二章 "文学电影"的概念

这些时间节点罗列出来,分别是1890年、1895年、1897年、1899年、1901年2月、1902年、1919年,这是按照时间顺序罗列的,但是如果按照这样的时间叙述,那么它就是生活的流水账,没有意义,所以作者并没有沿着这样的逻辑叙述,而是打乱时间顺序,让马赛尔在梦境、回忆和现实中穿梭。第一部分中,先出现的时间是1902年,在这一年的某天早上,马赛尔在古堡醒来,开始回忆童年;随后跳转到1892年,他暗恋邻居家的女儿,随后邻居斯万又暗恋奥黛特。第二部分中,先讲述邻居斯万的故事,他在1895年娶了喜欢的奥黛特;随后跳转到1897年,描写马赛尔爱上阿尔贝蒂娜之事。第三部分讲述了两位同性恋者夏吕斯和朱皮安的故事,又讲述了1899年马赛尔参加招待会。第五部分讲述阿尔贝蒂娜被马赛尔囚禁的事情以及1901年维尔杜兰家演奏七重奏的事情。第六部分讲述了阿尔贝蒂娜逃走并摔死的事情,交代她其实是同性恋者;吉尔贝特和圣卢结婚,但是后者是个双性恋者。第七部分讲述了多年以后吉尔贝特年老色衰,第一次世界大战期间松维尔发生的战争,圣卢的牺牲;最后跳转到1919年,马赛尔再一次回忆自己早年的生活以后,决定写《追忆似水年华》。

从以上简单的梳理中,我们不难发现,"整部小说像一座大教堂,各卷是侧堂"①。读者在阅读时,极有可能走进侧堂找不到出口了。这是因为,一方面本来小说中时间跨度就比较大(接近30年),而普鲁斯特并未按照时间顺序描述故事,一会儿是童年,一会儿是现在;另一方面,这些故事乍一看不具有连续性,仿佛只是叙事者随意的思绪流动。此外,一会儿是叙述者在讲自己的故事,一会儿又讲别人的故事,叙述对象一会儿是马赛尔,一会儿是邻居斯万,一会儿又是同性恋者。普鲁斯特的叙述似乎

---

① 郑克鲁:《外国文学史》(下),高等教育出版社,2006年版,第151页。

是杂乱的、任意的、跟随意识的，但是这是真的吗？这些等待被叙述的事件是真的不具有意义的吗？这样的文字表达是不具备文学性的吗？

仔细分析这部小说后，其实可以看出这些故事情节是具有很大意义的，叙述也极具文学性。叙述者看似在跟随自己的意识随意叙述这些已经发生的故事，但是其实七部分每个部分都有自己的内部结构，这些结构并不是封闭的，而是彼此关联的，似乎是连接在一起的七个回形针。即使是每个部分的题目，普鲁斯特也异常用心，比如，第一部分用《在斯万家那边》，第二部分就用《在妙龄少女的身边》；第五部分用《女囚》，第六部分就用《女逃亡者》。通过梳理作者的叙事角度，我们更能体会到他的良苦用心，作者通过不同的叙事角度来为读者展现书中的人物，虽然马赛尔（部分地折射出了普鲁斯特本人的影子）时而叙述当前的故事，时而叙述回忆中的事情，但是在后面，马赛尔会从另一个角度来叙述这件事情，使读者对这件事情有了更多了解。比如虽然圣卢与吉尔贝特结婚了，但在后来的叙述中，我们得知他是个双性恋者，又成为音乐家莫雷尔的情人。发生在前一半的故事情节似乎只是一个半圆，需要后一半的补充才能变成一个完整的圆。普鲁斯特对时间的把握是本书的一大亮点。在他看来，作家对时间的把握不应局限于日历，所以在他的叙事中，时态是多变的。通过法语中的各种时态（法语时态比英语时态更多，更能精确描述事件的发生），他在回忆、想象和当下自如穿梭。受现代主义的影响，普鲁斯特使用了通感的手法，即从感觉出发进行联想，比如马尔塞喝了一口带着点心渣的茶，立马回想到了童年的种种。他的语言使用也是具有文学性的，看法文版本，我们可以发现全书的结尾是一个长句子，大写的"时间"出现了三次，而且最后一个词就是"时间"。

我们再来看看电影的叙事方式。一般来讲，电影的叙事较文学更加丰富,导演会调动各方面的因素,比如灯光、声音(有声技术发展以后)、景深、色彩(彩色片时代)、摄影机、剪辑、演员的表演等来"讲述"影片。以斯皮尔伯格执导的影片《紫色》为例。颜色作为一种符号,能够传达某一种固有的情感意义。我们都知道,色彩所要表达的意义一般受文化习俗的制约,在一定的社会文化传统和生活经验指导下,观众由色彩暗示产生一定的心理联想。斯皮尔伯格在改编这部作品时,不仅仍然沿用"紫色"这个名字,而且影片也是以紫色为主,这是具有深刻含义的。紫色在不同的文化群体中有不同的意义,在印度被称为哭泣的颜色;在中国却被认为是高贵的颜色,中国有许多与"紫"有关的地名或成语,如紫禁城、紫气东来等;受中国影响,日本也认为紫色是尊贵的颜色。而在古代西方,紫色和宗教联系在一起,紫色花被用在节日盛典中,据说他们相信紫色花能够保护他们,为他们带来财富、成功。在美国就设有紫色勋章,授予在战争中负伤或阵亡的将士,用以表彰他们的英勇。英语中也有"purple prose"或"purple passage"的表达,据牛津字典,前者指的是"writing or a piece of writing that is too grand",即"华丽的文辞,雕琢的章句"。

由此可见,正如前文提到过的,斯皮尔伯格沿用"紫色"是有特定含义的,黑人女主角西莉从被继父强奸不敢反抗,到后来走上自觉自醒之路,并且积极帮助他人,紫色隐喻的高贵的人性、爱在她身上展现。整部片子中,紫色花共出现三次:第一次是影片开头,阵阵鸟语中,似乎夹杂着女童的笑声,营造了一种欢快、童真的气氛,接着轻盈的音乐声变大,斯皮尔伯格用了近景,阳光下几朵紫色花在风中摇曳,背景是虚化的草,从下到上,镜头上升,由远到近,草从虚化到清晰,草丛中夹杂着紫色花以及含苞待放的花骨朵儿,观众透过高高的草丛隐隐约约看见两位孩童在互相追逐嬉戏。蓝色、绿色、紫色共同构成了这幅画面。在草原这个巨大的空间里，孩童、花草都是运动的，一切都是那么的美好、那么的生机勃勃。斯皮尔伯格不仅在色彩选择上使用了明亮的颜色，而且使用了轻快的音乐，运动着的物像，还有灿烂的阳光，共同展现了这一刻的快乐。刻印在书本上的文字被视觉化了。这个片段没有任何文字，也没有姐妹两人的对话，只有笑声和背景音乐。西莉这朵高贵的紫色小花还是一副天真烂漫的样子，正处于无忧无虑的童年时光，明媚的阳光、欢乐的童声，无不暗示着生命才刚刚开始，一切都很美好。第二次出现紫色小花的特写镜头时，是在影片快要结束时，这时的西莉已经步入中年，导演用一个长镜头表现她撑着遮阳伞和莎格漫步在成片的紫色小花中聊天的情景，无背景音乐，只有大自然的声音——夏天的蝉鸣。整个画面中，小花的比例占屏幕的一半，甚至满屏，光线较暗淡，导演时而虚化紫色小花，时而虚化西莉和莎格，只能透过花与花的间隙看到西莉和莎格的身影，两位有了觉醒意识的女人和紫色小花交相辉映，莎格摘了两朵小花，一人一朵，女人如花，花如女人。这时候，西莉正向她的人生导师莎格诉说自己的感悟，这时候的她已不再是影片开头那个唯唯诺诺的小女孩了，她有了自己的裁缝店，自食其力，也离开了把她当仆人的丈夫艾伯特，她走路的姿势也变得挺拔了，头高高地昂着，"事情改变得越多，实际上越是不变"，而莎格则鼓励西莉"万物都需要被爱"。最后一次出现紫色小花时，是在影片的最后，但这次斯皮尔伯格并没有给紫色小花特写，而是先展现一片紫色花海，然后镜头移动，一位男性和一匹马出现在花海中，远处灰尘扬起。下一个镜头是莎格站在门口，面对花海，望向远方，屋里，西莉慢慢拨开窗纱，开门，莎格问她是否在等人，多年未能见到妹妹、已深感失望的西莉说没有，但眼神里却充满期待，她目不转睛地盯着远方。镜头再次切换，妹妹所乘坐的车从右方缓缓进入镜头，紫色小花摇曳，莎格和西莉慢慢走下台阶，西莉戴

第二章 "文学电影"的概念

上眼镜,尽力辨认来人是否是妹妹,尝尽人生酸甜苦辣的西莉看到妹妹娜蒂后,忍不住哭喊着妹妹的名字奔向她。比起开头,这时的音乐就没那么轻快了,而是缓慢而悠长,这个镜头整体颜色要暗淡得多,阳光不似开头那么明媚,夕阳西沉,整个画面也是以紫色为主,但是是不同层次的紫色:西莉身穿淡紫色的裙子,妹妹娜蒂则穿着鲜艳的紫色长袍和紫蓝色相间的竖条里衣。这时的镜头数也明显多于开头,开始是正面镜头,表现西莉的激动,在两姐妹相拥后,导演用了一个正反镜头,将姐妹二人从这个空间中拉出来,使其身处的空间模糊化,观众目光聚焦在姐妹二人身上。短短几分钟,斯皮尔伯格既使用了紫色提醒观众回顾姐妹的一生,又用暗淡的画面表达某种程度的沉重以及人生之旅也将像夕阳一样落幕,更展现了黑人女性的觉醒。

不难看出,电影和小说的叙事有相同处,不论是电影还是小说,事件的叙述都要求叙述者的介入。麦茨说:"贝拉·巴拉兹已表明,影片表面看来为戏剧的孪生兄弟(因为事件表现为演出,事件的演出是即时的并由演员们表演的),其实更接近小说,在影片连续的画面中,一个不可见的叙述者在观众眼前展示事件,就好像小说家讲述他人事件一样,小说叙事运用连续的句子,从作者直接传达到读者。"① 按照麦茨的观点,影片就像那个不可见的叙述者,导演运用剪辑手法组织电影,向观众讲述故事,通过各种手段,将观众引导至其想要观众走的那条路上来;小说的作者同样通过文字的表达将观众引向其希望的方向。但是二者在叙事方面又是不同的,展现方式也是不同的,影片的叙述首先应该是它本身,而不是导演或者其他人,影片的展现就是陈

---

① 克里斯蒂安·麦茨:《电影表意泛论》,崔君衍译,商务印书馆,2018年版。

述。皮埃尔·索尔兰曾这样说过:"电影展现,而非讲述。"① 电影向观众展现画面,把平面的文字变得立体化、视觉化,摄影机又增加了真实感,摄影机的功能似乎就是"复制",使观众感到似乎是同演员一道"活"在银幕里,经历剧中人物的经历,不是用文字或者声音叙述,而是结合书写和舞台的特点把场景呈现在观众面前。另外,电影叙事更加强调接受者的主体作用,这是因为无论是哪种类型的电影,都需要以观众的存在为前提进行建构,导演在拍摄影片之前,需要考虑这部电影是拍给谁看的,需要对目标观众有清晰的定位。

所有种类的电影都讲究讲故事的艺术,但同时又涉及技术问题,即影像的叙事,所以对电影叙事的界定离不开对技术的讨论。国内外电影叙事研究都如此。电影叙事研究在国外经过了比较长时间的发展,有苏联蒙太奇学派、结构主义学派、符号学派,也出现了一些颇有建树的理论家,如爱森斯坦、巴赞、麦茨、安德烈·戈德罗等。根据爱森斯坦的观点,蒙太奇的本质是选择不同电影元素之间的冲突,将其组合起来,从而形成一种新的综合体,他的"杂耍蒙太奇"大受欢迎;巴赞推崇写实主义美学,他受个人主义哲学影响,认为电影具有真实性,但这种真实是模棱两可的。国内的研究也并未停滞,影视艺术研究成为热点,近年来,成果较丰富,出现了大量杰出作品,如戴锦华的《电影理论与批评》、黎萌的《分析传统下的电影研究:叙事、虚构与认知》,但是研究视野还不够宽阔,理论基础较为薄弱。

由于深受20世纪思潮影响,如索绪尔的语言学、皮尔士的符号学理论、俄国形式主义理论、以斯特劳斯和弗莱为代表的神话原型研究,当代电影叙事学已经形成了相应的四种研究方向:

---

① 安德烈·戈德罗:《从文学到影片》,刘云舟译,商务印书馆,2010年版,第5页。

以麦茨为代表的语言结构表意说,以艾柯和沃伦为代表的影响符号编码说,第二电影符号学以及以米特里为代表的叙事美学与艺术说。语言结构表意说主要强调电影文本的句法结构和篇章组织,麦茨试图在电影语言领域中建立一套如同索绪尔在语言系统建立的法则。按照麦茨的观点,当我们把电影视为一种语言时,就会发现影像是电影语言中最小的单位,它具有表意的功能,不能再被细分,电影语言的能指和所指很难分离,且具有开放性。他们认为影像作为一种符码,本身是受到意识形态的控制的。艾柯归纳了电影符号学中的十大符码:感知、认知、传输、情调、象形、图示、体验、情感、修辞、风格、无意识,并且区分了电影符码的三重分节,包括:完整的图像中的局部图像自身就具有某种意义,可以脱离单位语符列,比如一张人脸的特写中,微笑的嘴巴就可以脱离开特写的脸而有自己独立的意义;镜头才是电影叙事中最小的表意单位,并且具有丰富、复杂的表意功能。沃伦则提出,电影符号分为三种,包括象形、标志、象征。第二电影符号学关注影片的文本话语、意识形态、观众的心理联系。叙事美学与艺术说则是较为综合的一种学说,它关注整体,情节的内在联系、结构与样式的联系都在它的研究范围之内。

国内学者李显杰对电影叙事学做了一个非常通俗的界定:"所谓电影叙事学,概而言之,既研究电影文本是怎样讲故事的,它强调用了哪些元素与功能,设计了什么样的布局结构,采用了哪些策略与手法,企图和可能达到何种叙事目的,而本文的不同建构意味着与观众建立起不同的叙事关系,对应着观众参与文本建构的不同介入程度。"[①] 这个界定可以说是比较全面的,既看到了电影各元素内部之间的关系,又把观众纳入考虑范围之内。

---

① 李显杰:《当代叙事学与电影叙事理论》,《华中师范大学学报》(人文社科版),1999年第6期。

但电影文本的呈现除了以上元素外，离不开人的参与，我们是否需要再把参与建构"文本"的主体如导演、编剧等纳入这个体系中呢？这是值得深思的问题。

当我们翻看传统的电影分类时，会发现无论是按照类型还是其他标准分类，其实并没有"文学电影"这个分类。从字面意思看，艺术电影似乎是最接近这个分类了，但从本质上来讲这二者不能完全画等号，之间的区别还是比较大的，那到底应该如何对"文学电影"定义呢？

"文学电影"，顾名思义，即与文学关涉，但又属于电影，理所当然具有二者的特色。从大类归属上来看，"文学电影"属于文艺片的一种，因此具有注重艺术性内涵的升华、淡化情节冲突和戏剧化的特点。但我们在上文已经讲到了其不等于传统的文艺片。文艺片与"文学电影"较为明显的区别在于"文学电影"更加具备文字冷媒介的特性，更具包容性，要求观众的参与性更高，观众不是被动接受信息，而应该主动沿着作者逐渐释放的信息探寻电影的意义，也就是说对观众的要求更高。归根到底，"文学电影"可以说是以影像镜头代替笔，以光影声像代替文字，依据文学创作规律进行文本书写的一类电影形态。从电影叙事学来看，"文学电影"似乎可以被这样界定：借用文学的手法讲述涉及哲理性思考以及人文关怀的故事，影片放映过程中不断释放信息，观众全面参与到影片中来，自主寻找文本的意义，构建自身对影片的认识。但这只是笔者的一家之言，还有很多地方值得商榷。

从语言学角度来界定"文学电影"又是不一样的。众所周知，文字符号存在能指与所指，按照索绪尔的观点，能指指的是影像形象，而所指指的是概念。如"康乃馨"，康乃馨的形象是能指，感激母亲是其所指，两者结合就是表达对母亲的爱和感激，这就是文字的解码过程。影像中也同样有解码这一说法，只

第二章 "文学电影"的概念

是由于影像和现实太过接近，近乎与现实世界消除了距离，因此大多数时候，这种能指与所指的关系是十分淡弱的。也正是因为影像符号的特性，导致了电影与文学相比缺乏抽象想象空间，缺乏内涵深度。比如，哈代的小说《德伯家的苔丝》反复出现了红色这个意向。比如，苔丝在天真烂漫的时候遇到了亚雷，亚雷送给她一支红色玫瑰；后来苔丝见到用红色油漆写的教规，这时的她已经被教会逐出，所以她很害怕；到最后，红日升起，苔丝死亡。每一次红色出现，苔丝就会遭遇厄运，与她而言，红色就是厄运的象征。但在电影中，这种对应关系就比较弱，因为文字给予我们更多的想象空间，而电影则会把能指与所指结合，以实物而非概念的形式出现在我们的眼前。"文学电影"不仅仅在内容、体裁上向文学靠拢，更在修辞、表意上继承了文学的写作手法。"文本在画面的所指之间引导阅读者，使他离开某些所指而接受另一些所指；通过一种常常是巧妙的调遣，文本遥控、指引阅读者走向一种预先选择的意义。"[1] 文学能够以某种方式，向观众提供许多仅靠影像不能够传达的东西。

与此形成对比的是好莱坞的商业类型片，它又被叫作"标准电影"（Standard Film）。早在20世纪，好莱坞就有了成熟的电影制作模式与明星培养机制。在第一次世界大战结束后的十年，美国影片占据全世界影片放映量的60%到90%，在电影方面的投资超过15亿美金，主要的制片公司，如派拉蒙、米高梅、环球等支配着影片的制作、上映和发行，而他们又与华尔街的金融巨头联合。商业电影虽然也遵循电影叙事的一般规律，但有自己的特色。从题材来讲，商业电影关注的是这个题材是否能吸引观众；从表现手法来讲，其文学性的手法较弱，更多的是新技术的运用；从剧情来讲，商业电影的剧情通常较简单，它们普遍有雷

---

[1] 罗兰·巴特：《画面修辞学》，《交流》1964年第4期。

同的创作规律,在模式化的情节套路中加入些许创新元素,满足观众的期待;从目标观众来讲,商业片针对的是普通观众。商业电影经济的核心之处就在于邀请观众在熟识的领域、相似的情节设置中去体味一些略显不同的地方。能否带来足够的经济效益也是商业片很看重的一部分。2019年4月上映的《复仇者联盟4》就是典型的好莱坞商业片:主题简单,即超级英雄拯救世界,并且单个的英雄已经不能拯救世界,需要英雄们合力消灭反派人物。但这种套路在近几年的好莱坞科幻片中已经相当常见,于是这次加上了比较温情故事,大打"终结"牌,让观众在自己熟悉的主题中有了不同的体验,也是吸睛点之一。片中随处可见酷炫的技术,并且借用当今科技热点,如量子力学、小型核反应堆等;用有商业价值的演员——好莱坞顶级演员,他们不仅拥有精湛的演技,也极具票房号召力,如饰演钢铁侠的小罗伯特·唐尼,他曾两获奥斯卡提名,还获得过金球奖喜剧类最佳男主角、人民选择奖最受欢迎男演员、人民选择奖最受喜爱动作电影男演员;饰演美国队长的克里斯·埃文斯,他也拥有众多的影迷。影片在上映之前,就进行了铺天盖地的宣传,在宣传策略上,除了突出本片的"硬""刚"以外,还在"终结"上大做文章,有北美影院甚至在展示柜上展出《复联3》中化灰角色的"灰",大打感情牌,同时它率先在中国使用预售制,把首映也放在了中国这个拥有众多粉丝的国家;从观众体验来讲,某些城市使用最新的4DX技术,试图为观众提供全感官浸入式体验。从票房和观众的反应来看,《复仇者联盟4》确实是一部成功的商业大片,毕竟其在中国大陆境内首映44小时即卷获10亿票房,预售票房都达到5亿元,即使其首映是在凌晨,也丝毫没有影响影迷们的热情。因为这次的"告别",不少观众都把其与自己的个人境遇相连,在观影过程中不少观众落泪,甚至有忠实粉丝被送医急救,这种体验在观看一般的科幻片中是不常见的。"《复联》结束

第二章 "文学电影"的概念

了,我的青春也结束了""就像失去亲人一样,我失去我的《复联》""再也没有《复联》了"这样的评论并不鲜见。说明现在的商业片也在注重人文关怀,但是这毕竟不同于"文学电影"。

"文学电影",与文艺电影相似,但"每一部电影都敢于以和标准(Standard)的电影系统不一样的方式来靠近我们,敢于向我们许诺将以一个独特的不受一般法规节制的方式来影响我们,他们希望即使不能不朽,也能获得某种重要性"[①]。"文学电影"中鲜少见到重金属质感的画面,节奏也没有标准电影快,宣传手段也不如商业电影多样,仿佛认为如果像标准电影那样宣传的话,就不是"文学电影"了,观众观看后更多的是进行长久的思考,这种思考除了与个人境遇有关外,往往还具有社会意义,与社会中某些现象有一定关系,如两次世界大战以后,人们的信仰受到摧毁,于是出现了许多探讨人生价值、生命意义的影片;20世纪60年代,美国民权运动如火如荼,电影界立马跟进,也制作了大批与此相关的电影。"文学电影"的灵魂,就是它的文学性,这种文学性不仅指文学修辞表现手段在电影剧本创作上的移植,更指通过跨媒介的平台纽带,产生比文字更抽象、更细腻、更形而上的特质。通过与文学性的融合,电影不再局限于浅表的图像叙事,而是更加深入内心,纵向拓展表现空间。观众往往不是被动地接受剧情,而是和剧中人物一起探索,而且这种探索也不是简单的探索,导演释放到屏幕上的信息往往具有欺骗性,需要从多个维度进行分析,看电影的过程就如同侦探破案。受时间的限制,电影往往被认为不适合表达跨度较长的时间、复杂多维的人物关系和复杂的人物内心活动,然而我们也应当注意到,即使不依靠声音、字幕,观众通过演员的眼神、动作、细微的表情

[①] 达德利·安德鲁:《艺术光晕中的电影》,世界图书出版社,2011年版,第2页。

等，也能感受到人物的内心情感和思想经历。法国新浪潮时期的著名导演让·皮埃尔·梅尔维尔拍摄过一部由阿兰·德龙主演的影片《独行杀手》（又名《武士》），在这部影片中，男主角几乎一言不发，但观众依旧可以感受到演员内心的活动。他穿着冷色调的风衣，竖起领子，戴深色礼帽，看人时总是带着探究的意味，避免与他人的直接目光接触，习惯性地四处观察，他喜欢双手插兜，把自己与周围隔开。与此形成对比的是，他的周围充斥着各种声音，周围的声音反衬了他的沉默。由此可见，影像的外在直观性并不代表其绝对不能深入表达人物内心感情。但在诸如此类方面，电影应当多向文学作品中的诸多修辞手法求助；在观影过程中，我们应充分调动主观能动性，善于发现导演的各种手段，从这些蛛丝马迹中去发现影片真正想表达的东西。

三、"文学电影"的分类

在上一小节中，我们对"文学电影"进行了阐述，一般来讲，"文学电影"就是指借用文学的手法讲述涉及哲理性思考以及人文关怀的故事，充分考虑到观众，逐步释放各种信息，试图让观众全面参与到影片中来，自主寻找文本的意义的一类电影。因此，"文学电影"的类型就不仅仅局限于文学改编电影，其范围扩大了，凡是关于人类哲理性思考、人性关怀等主题的电影，只要使用了较多的文学手法，充分调动了观众主动性的影片，似乎都可以被归为"文学电影"；同样的，若只是借用文学的蓝本进行改编，而并不真正具有人性关怀的话，就不具有典型的"文学性"，也就不能归为"文学电影"。所以，我们对"文学电影"进行了分类：第一类是指由文学作品改编的电影，它的电影剧本直接来源于文学著作，通过镜头将文字进行再创造，并且具有明显的"文学性"；第二类则指不以某部文学作品为具体蓝本，而是以有关文学的事件、人物、社会环境为表现对象，具有浓郁的

第二章 "文学电影"的概念

文化韵味,具备人文关怀并且符合人类普遍价值观的作品。

(一) 改编类"文学电影"

文学与电影最显而易见的联系,就是在电影的儿童时期,大批影视作品的原型素材直接来源于文学小说,如法国在1912年就将四集九本的《悲惨世界》搬上了银幕。改编自经典文学作品的电影大多遵从原著中的故事情节、叙事心理;导演在创作电影时,必定在脑海中以文学作品原型为蓝图构架;无论是编剧创作剧本、导演拍摄电影,或是演员在演戏的过程中,都或多或少、有意无意地与原著对比,向原著靠拢。法国电影理论家安德烈·巴赞在1948年发表了一篇名为《改编:或作为浓缩提炼的电影》的文章,认为:"改编的关键在于电影制作者们是否有足够的视觉想象力去创造出与原著风格相匹配的电影作品。所谓'相匹配'的含义,不是彻底的照搬、忠实原著,而是在另一种不同于原著的艺术形式里达到某种精神实质上的契合。改编,首先要从原著里汲取精华,然后使其折射在另一位创作者的意识里。后者创造出的美,不可否认同样具有艺术价值。"[①] 这一说法在某种程度上代表了当时对改编的要求,即要求反映原著的精神,达到与原著在内涵方面的共通性。美国电影理论家杰·瓦格纳曾提出了从小说到电影改编的三种形式:移植式、注释式和近似式。移植式近乎照搬,注释式只是用电影化的手段去注释影片,近似式则只是源于小说,但已经成为独立的艺术作品了。当然,改编类的"文学电影",也并非是纯粹的单一模式,它又可以依据美国电影学家达德利在其著作《电影理论中的概念》中对文学与电影间的改编形式细分成三种:借用、交叉、忠实转化。

以下我们以莎士比亚的著作所改编的电影为例,详细说明这

[①] 吴辉:《影像莎士比亚——文学名著的电影改编》,中国传媒大学出版社,2007年版,第89页。

三种关系。

威廉·莎士比亚（William Shakespeare，1564—1616）在埃文河畔长大，父亲是一名小商人，莎士比亚上过当地的文法学校，被琼森讥讽只会一些拉丁文，16世纪末至17世纪初，他离开家乡前往伦敦谋生，当过演员、编剧。刚到伦敦时，他被大学才子们嘲笑，罗伯特·格林用"暴发户乌鸦"来形容他，后来他用才华征服了刁钻的评论家和观众，成为环球剧院的合伙人，但一场大火烧毁了剧院。后来他在出生地斯特拉特福度过了人生的最后三年。莎士比亚主要生活在16世纪，正值伊丽莎白一世统治时期，也正是英国国力强盛的时期，英国逐步由封建社会步入资本主义社会，社会稳定、经济繁荣，而文化方面则在进行着一场给整个人类历史带来巨大改变的文艺复兴运动，有学者认为文艺复兴实质上体现了资产阶级在文化方面的主张，人文主义精神是文艺复兴的核心，它以人为中心，肯定人的价值和尊严。生活在这样的社会，受人文主义思想的影响，莎翁的作品必然关注"人"——关注人的解放，关注人的自我价值的实现。他的创作包括历史剧、喜剧、悲剧、诗歌。历史剧中展现了英国人的民族自信，体现了英国人的爱国主义精神，如《理查二世》中莎士比亚就曾这样歌颂自己的祖国："这颗镶嵌在银色海洋里的宝石，海水起了护墙的作用，就像家宅有外壕的防卫，抵住了命苦的其他国家的嫉妒，这福地，这宝壤，这国家，这英格兰。"他的早期喜剧中充满了欢笑、戏谑，如《维洛那二绅士》中仆人史比德向普洛丢斯强调自己不是羊，自己的主人不是牧羊人的时候是这么说的，"牧羊人寻羊，不是羊寻牧羊人；我找我的主人，不是我的主人找我，所以我不是羊"[①]。这种令人忍俊不禁的话语在

[①] 莎士比亚：《莎士比亚喜剧集》（上），朱生豪译，作家出版社，2016年版，第177页。

第二章 "文学电影"的概念

剧本里俯拾皆是;后期喜剧则增加了对社会现状的反思,"圈地运动""海外罪恶的贸易"等都出现在他的喜剧中。说到悲剧,我们不得不说莎翁的悲剧具有永恒的魅力,他把全人类共通的处境表现在了他的悲剧中,极易引起各时代观众的共鸣,如他借哈姆雷特之口说出的"生存还是毁灭,这是个值得考虑的问题;默然忍受命运的暴虐的毒箭,或是挺身反抗人世的无涯的苦难,通过斗争把它们扫清,这两种行为哪一种更高贵?死了;睡着了;什么都完了;要是在这一种睡眠中,我们心头的创痛,以及其他无数血肉之躯所不能避免的打击,都可以从此消失,那正是我们求之不得的结局"[①]。这一段内心独白分明是在评述几百年之后的我们!这段话讲出了全人类共同的困惑,我们到底是逃避还是面对?现代技术日益发达,我们却在感叹自身越来越困惑,彷佛处在一种"无能"的状态,面对现状,想要改变,却不知如何改变,恍若当时想替父报仇却犹豫不决的哈姆雷特,我们焦躁不安,却无力解决。莎翁似乎敏感地察觉到几百年后的人类仍然会面临这样的抉择,所以才会写下这样深刻的句子。精巧的戏剧冲突设置也是他的戏剧作品散发永恒光芒的原因之一,比如在《罗密欧与朱丽叶》中,在追求幸福的自然欲望和对命运与封建势力的抗争中展开了戏剧冲突,个人意志力成为推动故事情节发展的内在动力。已经偷偷结婚的二人,看似将会幸福地生活在一起,却因为罗密欧无意间杀死朱丽叶表兄,而朱丽叶即将被父母嫁给帕利斯,两人面临重重危机。劳伦斯神父的假死药看似将会拯救这对不幸的爱侣,却又因为神父未能及时将信送达再一次打碎了他们幸福生活的梦想,最后,罗密欧以为朱丽叶真正死去,故而自杀,朱丽叶醒来后殉情,全剧结束。戏剧冲突在最后一刻达到

---

① 莎士比亚:《莎士比亚悲剧集》(上),朱生豪译,作家出版社,2016年版,第47页。

高潮。在诗歌方面,莎士比亚突破了文学格式,注入自己的真情实感,其中最为著名的是他的十四行诗,这种诗体在韵律与体裁上不同于意大利的十四行诗,句式更加紧凑,更重要的是他的诗歌关注爱情,而这恰恰是中世纪的禁忌话题之一,莎士比亚却直白地表达出来,打破禁忌,再次表达了对人的关注。

莎士比亚的作品具有复杂性、敏锐性、深刻性、共通性,同时人文内涵丰富、戏剧冲突设置精彩、语言生动,历来备受电影导演的青睐。历史上,改编自莎士比亚名著的经典电影少说也有百部,仅仅是《哈姆雷特》,在英美两国就有诸多版本,面对同一母版,每个版本各有自己的特色。然而即使都是在英语世界,具有相似的文化传统,每位导演对文本和影像的处理也十分不同,更不用说不同国别的不同导演的处理了。

在前文提到的"借用""交叉""忠实转化"三种改编形式中,"借用"是最普遍的一种,这类电影在片名、人物设置、情节桥段方面都尽量从文学作品中移植,而这些文学作品通常也具有较高的知名度,使得改编后的电影更易被心怀期待的观众所接受,比如英国导演兼演员劳伦斯·奥利弗改编和主演的影片《亨利五世》《哈姆雷特》就是"借用"创作"文学电影"的典型。在他的影片里,处处可以见到莎翁原著的影子,这位导演不仅忠实于原著的文本本身,更忠实于原著的精神内涵,达到了与原著在精神上的共通性,当然电影也大量借鉴了文学中对于时空的处理手法,加上电影本身所具备的画面冲击力,文学名著被尽可能地还原成了影像。我们以《哈姆雷特》为例,进行详细分析。

《哈姆雷特》是莎士比亚于1599到1602年间创作的一部以丹麦故事为蓝本的戏剧,主要讲述了丹麦王子接到父亲死讯后的一系列反应。丹麦王子哈姆雷特本来在德国威登堡大学就读,却突然接到父亲——丹麦国王的死讯,回国奔丧后,发现叔父克劳狄斯迅速即位,叔父与母亲乔特鲁德在父亲葬礼后一个月即匆忙结婚,哈姆雷特对这一切充满了疑惑和不满。随后,霍拉旭和勃那多在站岗时遇见了父亲老哈姆雷特的鬼魂,老国王向儿子说自己是被克劳狄斯毒死的,他要求哈姆雷特为自己复仇。然后,哈姆雷特以装疯掩护自己,并通过上演"戏中戏"证实了叔父确实是杀害自己父亲的凶手。在这个过程中,哈姆雷特还遭遇了朋友的叛变、爱人的远离、意外杀死了爱人奥菲莉亚的父亲波罗涅斯。克劳狄斯试图借英王之手除掉哈姆雷特,哈姆雷特趁机逃回丹麦,却得知奥菲莉亚自杀的消息,其后不得不接受了与其兄雷欧提斯的决斗。决斗中,哈姆雷特的母亲乔特鲁德误喝克劳狄斯为哈姆雷特准备的毒酒,而后死去,哈姆雷特和雷欧提斯也分别中了毒剑,临死前,哈姆雷特得知毒剑原委,他杀死了克劳狄斯并拜托朋友霍拉旭将自己的故事告诉后人。

众所周知,人文主义时期的欧洲复仇剧和悲剧是程式化的:主人公要在一定的戏剧框架中按照某个题材惯例行动,比如鬼魂、装疯卖傻、犹豫不决、戏中戏、死亡。莎士比亚就是在这一套话语之内,成功塑造了延宕的王子——哈姆雷特。哈姆雷特的延宕正是出于他知道自己要做什么却不知道如何去做,在犹豫不决中错失良机,最终导致了自己的灭亡。这是一部悲剧,悲剧性不在于主角的死亡,而是人类被自己的犹豫打败。

1948年5月4日,劳伦斯·奥利弗任导演和编剧,并由他自己和简·西蒙斯、安东尼·奎尔、克里斯托弗·李等主演的影片《哈姆雷特》(又名《王子复仇记》)在英国上映。影片一上映即大获好评,获得第21届美国奥斯卡金像奖最佳影片奖。全片长155分钟,制作成本为五十万英镑,拍摄了大约7个月,由Two Cities Films公司出品,采用黑白色拍摄。

奥利弗在将剧本变成电影时,删减了原著中的一些内容,从舞台剧的角度对原文本进行了重构,打斗场面并不是他表现的重点,相反,他把镜头对准哈姆雷特的内心以及人与人关系的变化，因此他的这部电影结合了电影和戏剧的特色，但是仍然在尽力保持莎翁原著的描述与精神内涵。原著是一部悲剧，文中处处充满了压抑、阴郁。奥利弗在编剧时，也注意到这点，这也是本片采用黑白色的原因，并非由于技术限制。同样是奥利弗执导的《亨利五世》却是一部彩色片，那是一部歌颂亨利五世、充满爱国主义色彩的影片，里面有战争场面，必须富有动感与刺激性，因此导演决定将其拍摄成彩色片。而《哈姆雷特》的基调就与其不同，黑白色调更能让观众感受到原著的压抑与沉闷。莎翁以"弗兰西斯科立台上守望。勃那多自对面上"[①]为背景开始全剧，几位守卫正在轮岗值夜，相互问候完，勃那多向同伴霍拉旭讲述自己遇到鬼魂的事情：

"先请坐下，虽然你一定不肯相信我们的故事，我们还是要把我们这两夜来所见的情形再向你絮叨一遍。"

"好，我们坐下来，听听勃那多怎么说。"

"昨天晚上，北极星系的那颗星已经移到了它现在的地方，时钟刚敲了一点，马西勒斯和我——"[②]

鬼魂在16世纪的文学作品中是很常见的，观众们喜欢这样的安排，莎翁在开头就把背景设置在半夜，一方面引发观众的兴趣，另一方面给整部戏奠定了阴郁的基调。

奥利弗却没有用戏剧中的开头，他进行了这样的改动：一片云雾缭绕中，观众跟随摄影机从空中俯瞰整个城堡，城堡蜿蜒盘旋，似乎是一条安静的蛇正盘旋在山顶，伺机而动，城墙坚固，音乐是比较激昂的，旁白在提示人们"人性"。然后镜头切换，

---

① 莎士比亚：《莎士比亚悲剧集》（上），朱生豪译，作家出版社，2016年版，第3页。

② 莎士比亚：《莎士比亚悲剧集》（上），朱生豪译，作家出版社，2016年版，第3页。

推进，似乎是夜晚，山顶上几位士兵正在抬着一尊棺木，士兵们的脸处于阴影位置，画面的左上方仍然是烟雾缭绕，整个画面较为暗淡，旁白道："这是一场悲剧，一个无法下决心的人。"观众随即会发问："这是谁的葬礼？""为何说这是一场悲剧？""为何要强调他的犹豫，这与他的死亡有何关系？"这里借用了文学文本中常见的设置悬念的手法，像阅读文学文本一样，观众有了继续观看的兴趣。随后，葬礼的镜头淡出，导演从仰拍的角度再次拍摄城堡外部，音乐以钟声为主，似乎是敲响了哈姆雷特生命的丧钟，整个画面色调以不同层次的黑色为主：画面的上半部分是灰色，然后是黑色，画面中下部的城墙在月光的照射下发出冷冷的光，画面下部海水的部分又采用了灰白色，一方面表现了水汽的颜色，一方面突出了城堡的位置，静静矗立的城堡像个巨大的怪物。镜头拉近，开始呈现莎翁原著中士兵们交接的场景，音乐变得越来越紧张，观众的心情也越来越紧张，期待着后续故事的发生。

以葬礼开头的设计也是符合原著精神内涵的，同时也满足了20世纪50年代观众的期待。那个时候的观众对于鬼魂的兴趣明显小于16世纪的观众，因此奥利弗果断放弃了原著的开头，抓住设置悬念的精髓，虽然没有了鬼魂，但是使用电影的技巧仍然能够达到同样的效果：用黑白对比色彩，暗示阴郁沉闷的主题，充分利用音乐、旁白，暗示观众进行联想。

另外，我们可以看到奥利弗采用多个角度拍摄城堡内部。我们可以跟随人物进行一次城堡之旅，在老国王的灵魂出现并向士兵诉说自己的冤屈后，镜头随着士兵的视线继续往下，在低沉的音乐声中，色彩对比度提高，画面变亮，依次出现了炮台、大柱子、旋转楼梯、空旷的走廊和豪华的大厅，大厅周围有无数的通道和拱门，通道将把人物引向哪里？拱门背后是什么？当一个小拱门出现时，镜头稍作停留，高大的柱子后有一扇小拱门，由全景到近景,镜头不断移近,大和小的对比如此明显。就在观众以为要导演要呈现门背后的世界时,突然镜头一转,画面中出现的是更狭窄的一个通道,视线被限制得更窄,穿过这个通道,突然出现的是威严的王座,原来这里才是剧中人物觊觎的地方,颇有历尽千辛万难"原来你在这里"的感觉。

原著中,莎士比亚并没有向读者展示如此复杂的地理位置的移动,仅以"第二场城堡中的大厅""第四场露台"来表达位置的改变,当然这也是受戏剧表演舞台的限制。电影对此做了大幅度的改编,用镜头对城堡外部进行呈现,使得观众能更直观地体验城堡的构造,整座城堡颇具哥特式的风格——高耸入云的尖顶直入云霄,雄伟壮观。摄影机带领观众参观城堡内部,为观众呈现了尖型拱门、修长的束柱,表现了宽阔、封闭性强的内部空间,营造了一个冰冷、阴森的环境。这不仅是剧中人物生活的环境背景——哈姆雷特的周围充满着阴谋与杀机,亲叔叔杀死自己的父亲,霸占了自己的母亲,还妄图借用英王的手设陷杀死自己;更是剧中人物相互关系之间的写照,看不清人心,不知该相信谁,剧中哈姆雷特处处体验到试探、背叛、不安,他不能相信任何人,不能向别人吐露心中的秘密,为了保命,他不惜装疯卖傻,他用"戏中戏"试探叔父;更深一层的含义似乎是导演想用城堡外化哈姆雷特脑海中的思路:知道自己要为父报仇,但有太多要考虑的因素,不知道什么才是最佳选择。对于城堡宽阔的内部环境,众多的通道和门,到底哪扇门、哪条通道才是正确的选择?这样,哈姆雷特的迷惑就通过城堡的布局表现出来了。

以上主要分析了电影和原著中使用的不同策略,但是其最终目的是一致的,其精神内涵是一致的。奥利弗在台词与情节方面还是尽力与原著保持一致,只是删掉了一些次要情节,使得影片更集中、紧凑。影片和原著都成为经典。

与"借用"相对立的一种改编形式为"交叉"。这种改编形

第二章 "文学电影"的概念

式不讲求向原著靠拢,相反还追求刻意与原著拉开距离,避免刻意模仿。在运用这种方式改编的电影中,导演根据电影需要放大原著中的某一局部,或是运用不同视角解读原著,强调电影本体的视听感,尽量擦去复制文本的痕迹。这时候的影片,虽然仍源于文学作品,但其实已经具有自己独立的艺术特征,不是原著的附庸或注解,与原著保持一致也不再是这类作品的目的。例如《罗密欧与朱丽叶》中,导演将罗密欧内心活动的描述段落几乎全部删去了,原著中的三分之一的台词文本也被删除,某些情节也未出现在电影中。

下面我们以莎士比亚的《麦克白》和奥逊·威尔斯的《麦克白》为例进行详细分析。

《麦克白》是莎士比亚四大悲剧之一,创作于1606年,该剧是以英格兰史学家拉斐尔·霍林献特的《苏格兰编年史》中的故事为蓝本进行创作的。莎翁将这个古老的故事和近代意识相结合,主要讲述麦克白将军——苏格兰国王邓肯的表弟,在为国王平叛和抵御入侵归来的路上遇到三个女巫。女巫对他说了一些预言和隐语——他将为王,但他没有后嗣可以继承王位,而同僚班柯将军的后代将会为王。麦克白本身就是有野心想为王的,女巫的话燃起了他的希望,也使他恐惧,他的夫人怂恿他在国王巡幸自己的古堡时弑君篡位。为防止自己弑君的事情败露,也为了防止班柯夺位,他设计害死了邓肯的侍卫,后来又害死了班柯,再后来害死了贵族麦克德夫的妻小。做过的坏事使他越来越恐惧,猜疑使麦克白心里越来越难以安宁,他也变得越来越冷酷。在这种情况下,麦克白夫人精神失常后死去,麦克白面对曾经把他推上王位的妻子的死竟无一丝难过。大臣、国民开始远离麦克白。邓肯之子和他请来的英格兰援军开始围攻苏格兰,麦克白被俘,随后死去。这部剧作体现了莎士比亚一贯的写作特色:充分利用超自然的因素,如鬼魂、女巫,如《哈姆雷特》里有老国王的鬼魂。莎士比亚在写这部剧的时候，似乎带有《查理三世》的痕迹，二者都是篡位者，不惜一切手段，最终都落得不好的下场，正义终究回归，但明显不同的是，麦克白是一位比查理三世更擅长思考的人物，他经常在脑海里细想血淋淋的画面，时常又在自言自语中思考问题，时而正常，时而疯癫。比如在第四场，麦克白和夫人宴请大臣，在宴会之前，他刚刚得知自己派出的刺客杀死了班柯，道德的不安和对权利的欲望在折磨他，一方面，杀死班柯使他良心不安；另一方面，要想坐稳王位就不得不杀死他。仁慈与残暴、良心与野心交替出现，于是他竟在自己的宴会上表现得十分奇怪，一会儿仁慈地关怀大臣，还假惺惺地原谅班柯的缺席；一会儿又疯疯癫癫地与班柯的鬼魂对话，

  麦克白："亲爱的，不是你提起，我几乎忘了！来，请放量醉饱吧，愿各位胃纳健旺，身强力壮！"

这时候的他是关爱臣下的陛下，很难看出，他刚刚杀死自己的同僚。

  列诺克斯："陛下请安坐"。
  （班柯鬼魂上，坐在麦克白座上）
  麦克白："要是班柯在座，那么全国的英俊，真可以说是荟萃一堂了；我宁愿因为他的疏忽而嗔怪他，不愿因为他遭到了什么意外而为他惋惜。"
  洛斯："陛下，他今天失约不来，是他自己的过失。请陛下上坐，让我们叨陪末席。"①

明明班柯是被他派出的杀手刺杀，他却惺惺作态，假装自己关心班柯，还要原谅其失约。麦克白的虚伪、残忍暴露无遗。

---

  ① 莎士比亚：《莎士比亚悲剧集》（上），朱生豪译，作家出版社，2016年版，第348页。

第二章 "文学电影"的概念

当他发现班柯的鬼魂出现在宴会上,精神开始崩溃。

"你们哪一个人干了这件事?"

"你不能说这是我干的事情,别这样对我摇着你染着血的头发。"

"嘿,我是一个堂堂男子,可以使魔鬼胆裂的东西,我也敢正眼瞧着它。"

(鬼魂隐去)

"在人类不曾制定法律保障公众福利以前的古代,杀人流血是不足为奇的事;即使在有了法律之后,惨不忍闻的谋杀事件,也随时发生。从前的时候,一刀下去,当场毙命,事情就这样完结了;可是现在他们却会从坟墓中起来,他们头上戴着二十件谋杀的重罪,把我们推下座位。这种事情是比这样一件谋杀案更奇怪的。"①

麦克白的虚张声势通过语言表现得淋漓尽致,在鬼魂下场之前,他十分害怕,但是莎翁用一个反语,"我是一个堂堂男子,可以使魔鬼胆裂的东西,我也敢正眼瞧着它",反衬出他的害怕。鬼魂离场后,他立马为自己的残暴寻找理由,把刺杀说成为了保障大家的福利,杀人事件时常发生,自己作为正义的一方却还要被推下座位。读者读到这里,能深刻体会到戏剧张力:麦克白的仁爱与残暴、良心与欲望、懦弱与虚张声势等对立的因素交织。

当然麦克白的悲剧不仅是以上因素交织的结果,更是在麦克白夫人的直接推动下造成的,女性角色在莎士比亚的作品中一直发挥着这样的作用。麦克白夫人比麦克白更狂热地追求权力,她更有野心,为麦克白出谋划策。

---

① 莎士比亚:《莎士比亚悲剧集》(上),朱生豪译,作家出版社,2016年版,第348～349页。

"难道你把自己沉浸在里面的那种希望，只是醉后的妄想吗？它现在从一场睡梦中醒来，因为追悔自己的孟浪，而吓得脸色这样苍白吗？从这一刻起，我要把你的爱情看作同样靠不住的东西。你不敢让你自己的行为和勇气跟你的欲望一致吗？你宁愿像一只畏首畏尾的猫儿，顾全你所认为的生命的装饰品的名誉，不惜让你在自己眼中成为一个懦夫，让'我不敢'永远跟随在'我想要'的后面！"①

麦克白犹豫要不要弑君，当麦克白夫人知道以后，先是试图激起麦克白对权利的欲望，然后用激将法刺激他，并利用麦克白对自己的爱情，鼓励他不受道德的约束，杀掉国王。

"我曾经哺育过一个婴孩，知道一个母亲是怎样恋爱那吮吸她乳汁的子女；可是我会在他看着我的脸微笑的时候，从他柔软的嫩嘴里摘下我的乳头，把他的脑袋砸碎。"②

这一段把麦克白夫人的狠毒展现在读者面前，她为了权力不顾一切，同样也鼓励自己的丈夫不顾一切。她的这段杀婴的描述令人毛骨悚然。

"邓肯赶了这一天辛苦的路程，一定睡得很熟；我再去陪他那两个侍卫饮酒作乐，灌得他们头脑昏沉、记忆化成一阵烟雾；等他们烂醉如泥、像死猪一样睡去以后，我们不就可以把那毫无防卫的邓肯随意摆布了吗？我们不是可以把这一件重大的谋杀罪案，推到他的醉酒的侍卫身上吗？"

"等他的死讯传出以后，我们就假意装出号啕痛哭的样

---

① 莎士比亚：《莎士比亚悲剧集》（上），朱生豪译，作家出版社，2016年版，第327页。
② 莎士比亚：《莎士比亚悲剧集》（上），朱生豪译，作家出版社，2016年版，第328页。

第二章 "文学电影"的概念

子,这样还有谁敢不相信。"①

这一段讲述了麦克白夫人设计杀死国王邓肯,非常有条理性、逻辑清晰,每一个层次都想到了,从杀人的手段到如何嫁祸于人再到后续怎么应对,她都考虑到了,相比麦克白,她似乎更有谋略,对权力的欲望也更加强烈。

通过这一段,麦克白夫人的形象一下子就清楚了,这是一位极具野心的女性,她唆使自己的丈夫弑君,为达目的,不择手段,颇具谋略,她失去了母性,陷入了对权力的追逐。野心和欲望最终把她推向了悲剧性的结局。奥逊·威尔斯既然选择了《麦克白》,那么他会不会在影片中延续这种风格呢?他会怎样处理麦克白夫人的形象呢?

1948年,奥逊·威尔斯任导演和编剧,由他自己和丹·奥赫里奇、罗迪·麦克道尔等主演的《麦克白》(又名《金殿逃龙》)在意大利上映。这是一部低成本制作的影片,全片长89分钟,采用英语对话,是一部黑白片,由 Republic Pictures Corporation 制作。影片在意大利、美国、法国、芬兰、英国、日本、葡萄牙、丹麦、德国、希腊等国上映。刚在美国上映时,并没有引起大的反响,据说是因为其中的超现实主义手法过于明显,超出了当时观众的接受能力,反倒是在法国受到了热烈欢迎。这可能是因为法国的艺术氛围比较浓厚,而那时候的美国正是好莱坞商业大片发展如火如荼的时候,观众们已经被导演养成了消化商业片的胃口,不太习惯"文学电影"。

威尔斯曾经说过:"一部影片只有在导演掌握了所有不同材

---

① 莎士比亚:《莎士比亚悲剧集》(上),朱生豪译,作家出版社,2016年版,第328页。

料，而且不仅仅因为保持了事物的原貌而自我满意时才好。"①所以他在改编《麦克白》时，最注重的并不是对原著的忠实，而是充分调动各种材料来表达并充分运用镜头、光影进行叙事。

电影中，三位女巫的出场是很令人印象深刻的，导演将三个女巫塑造得恐怖、诡异，画风处理得十分惊悚、灰暗。烟雾是片中必不可少的元素，空旷的野外一片萧条，画面的右侧出现一个光秃秃的巨石，似乎有人站在那里，在惊悚的背景音乐中，一个并不好听的声音在念叨着"邪恶正在苏醒"，每个字都咬得很重，带有预言式的效果，朦胧的画面、惊悚的音乐、预言式的语言，构成了第一个镜头。突然，一阵电闪雷鸣中，两位将领骑着马，从左侧进入画面，马的速度很快，马蹄声和雷鸣声交织，带给观众一种紧张的感觉，为了增加恐怖感，在这一镜头的开始，导演还用枯树做背景，光秃秃又蜿蜒的树枝像吸血鬼的手，运用光影和声音营造出真实闪电的感觉，画面在模糊和清晰之间转换。当麦克白来到巨石前，女巫的声音陡然提高，非常尖，大喊："麦克白，继承人。"麦克白问她们是谁时，镜头转向她们，但是威尔斯做了模糊处理，采用的是正面仰角的镜头，她们的脸被雾气遮住了，并且处在背光的角度，但是观众依稀可以辨别她们长长的白发，听到她们凄厉的喊叫，看到她们颤颤巍巍如枯藤般的手，这和我们印象中的女巫形象是一致的。然后女巫拿出一个象征麦克白的小人像，分别对其表示祝福，把象征王权的帽子戴在了小人像的头上，颇有预言的意味，随后她们走下巨石，在麦克白的追问下，消失在茫茫大雾中。威尔斯保留了莎翁原著中的超自然现象并加以发挥，他还运用空镜头，由景物的叙述开始全片，并且这些景物要么是空旷的荒漠，要么是枯藤、呼啸的风

---

① 安德烈·巴赞：《奥逊·威尔斯访谈录》，王志钦译，《电影艺术》2008年第6期。

声、不断出现的闪电，吸引着观众的注意力，使得整部影片就像恐怖片一样，戏剧感十足。又在后续的画面中采用黑白对比，加强恐怖效果，这不禁让我们想起了几十年后的另一部恐怖片《寂静岭》，导演也是采用灰蒙蒙的画面来表现梦境和真实世界。

片中对麦克白夫人的塑造同样精彩，麦克白夫人在影片中第一次出场就是她躺在床上读丈夫的来信，床上铺着一张兽皮，毛茸茸的，给人一种暖和的感觉，但是她却穿着高领、垫肩、紧束的长裙，系着皮带，这其实是非常诡异的装束，原本是躺着，应该是放松的时刻，但是她身上的衣服和皮带却又塑造着一种紧张的感觉，影片的张力就出现了。同时，兽皮也会让大家联想到野兽，结合剧情，这是否是威尔斯在暗示麦克白夫人的性格呢？值得探讨。

莎士比亚的《麦克白》是一部悲剧，而到了威尔斯手中，《麦克白》更像是一部恐怖片、悬疑片。前者是文学性的表达，而后者除了具有文学性以外，更注重电影本身的表达，如光影、声音、剪辑、人物的造型，导演更强调用视觉效果表达他对莎剧的理解，强调的是艺术的形式功能，脱离了原文本之后，赋予其另外的特色。

在上文提到的三种改编方式中，难度最大的是"忠实转化"。这种类型的"文学电影"只留存了文学原著中的精髓内核，或是与其保持类似的叙事母题，但文本则几乎完全改变。它可以称作改编，但某种意义上又不能算作改编，可以说是一种再创造。这类作品中的文学原型在影像外观上不会充分展现，它们多是隐含在变形、异化的叙事编码中，观众需要对其进行解码，体会言外之意，在抽象层面与原著精神相契合。"忠实转化"对于原著精神是一种抽象的提炼浓缩和二次创作，是一种叙事符号的不等价变形与转换。1957年根据《麦克白》改编的《蜘蛛巢城》就是一次成功的尝试创新。电影背景是日本武士道时期，人物对话也以传统的无韵语言取代了莎士比亚原著中的诗歌词韵,但全片却糅杂着浓郁的西方基督教宗教文化和古欧洲传统悲剧的表意色彩。

同奥逊·威尔斯的《麦克白》一样,黑泽明的《蜘蛛巢城》也是对莎剧《麦克白》的改编,不同的是后者的改编更为大胆。《蜘蛛巢城》是由黑泽明导演,三船敏郎、山田五十铃、千秋实等主演的古装片,于1957年1月15号在日本公映,也是一部黑白片,由TOHO公司出品。上映后,好评如潮,获得了第22届威尼斯电影节金狮奖提名,第31届日本电影旬报奖日本电影十佳第4名、最佳女演员奖,第12届每日电影奖最佳男主角奖和最佳美术奖,第11届日本电影技术奖和美术奖,第8届艺术选奖电影部门奖。影片主要讲述了日本战国时代,蜘蛛巢城下属的北城守将造反,大将鹫津武时和三木在平定叛乱时有功,回主城领赏,但是在路过蛛脚森林时,二人迷了路,遇到一个女巫,她预言鹫津将成为新的北城城主,并且很快会成为主城的城主,但三木的儿子以后也会是城主。鹫津回到主城后,主君果然任命他为北城的城主,女巫的第一个预言实现了,于是他认为女巫的第二个预言也会实现,便在妻子浅茅的怂恿下设计杀了主公,并嫁祸给军师及世子,之后鹫津便成为蜘蛛巢城的新城主。因为害怕三木的儿子以后也会弑君,他派人暗杀三木及其子,以达到斩草除根的目的。三木被杀,但其子逃往他国。浅茅所怀的孩子胎死腹中,被认为是作恶多端的报应,她发了疯,受到了命运的谴责。主君的儿子在别国的支持下讨伐鹫津,女巫又预言只要蛛脚森林不移动,鹫津就不会失败。但是,蛛脚森林移动了,这其实是三木儿子的援军把树枝绑在马背上作为掩护,随后,城内士兵配合援军,鹫津被自己的部下射杀,叛乱结束。

影片与莎翁原著既有相同之处也有不同的地方,同的是其母题相似,都是恶人作恶多端受到惩罚,正义终究到来;不同在

第二章 "文学电影"的概念

于，黑泽明更强调道德和自然，将故事置于东方背景下，表现的是地道的日本文化，人物的名字、语言都具有日本本土的特征，尤其是加入了传统乐器尺八和日本鼓，以及日本和歌、能乐，画面也多了些东方禅学的意味。这不能不说是一种创新。

能乐是日本独有的古典歌舞剧，发源于8世纪，到现在都还继续存在于日本的传统戏剧中。主要是由扮演者站在简单布景的舞台上，表演程式化的动作，辅之以相应的服装、面具等。能乐是式三番、能、狂言的总称。影片中，能乐的出现能推动剧情的发展，带有某种暗示。例如，在宴会上，三木迟迟不到，鹫津假装非常生气，实际上他已经派人暗杀了三木，这时，一位伶人正在为大家表演，说道"鬼神都听着，古有先例，仕奉送臣叛城，必遭天诛"。镜头一转，鹫津出现在画面中，他原本想喝水，听到这句话，突然手抖了一下，因为他就是叛臣，"必遭天诛"，他内心的不安就通过这一抖表现了出来。然后他看向浅茅，后者非常淡定，像原著中的麦克白夫人一样，也是一位充满野心的女性。另外，伶人在唱的时候，是日本鼓在配乐，日本鼓本身就具有宗教意味，一般在迎神、驱魔的时候用，这时黑泽明选择日本鼓，不能不说具有特殊意义。"灭亡于顷刻之间"，不能不说是对鹫津命运的预言，他不能再忍受，于是开口呵斥"不要跳了"，伶人下场。伶人在影片中的作用犹如原著或者威尔斯版《麦克白》中的女巫，预言鹫津，即麦克白的命运，而鼓声犹如催命符，使得鹫津内心更焦躁，夹在道德和欲望两股力量之间的他纠结不已，根植于骨子里的道德和对王位的觊觎使得他无法安宁。另外，能乐的加入彰显了影片的日本民族特色，这部电影中较多地使用了能乐来表现主题——错误的人被放在了错误的地方，因而触发了悲剧。

和威尔斯一样，黑泽明同样抓住了"雾"来营造氛围。影片的开头，就出现了在音乐声中、浓雾笼罩下的大漠，山的形状隐约可见，呼啸而来的大风似乎能卷走一切，虽然没有状如吸血鬼手的枯藤枝丫，但是画面中没有任何生命的迹象。画外音出现"看那充满欲念的古城遗址，游魂野鬼，仍然徘徊不散"。佛音的曲调加上低沉的男声，营造出宿命论的感觉。镜头拉近，大雾散去，山上零星的野花和树木渐入镜头，"人的欲望，就如惨烈的战场"，镜头下移，俯视山脚，"不论古今"，配合的画面是围着栅栏的木牌，"都永远不改变"，导演近距离拍摄木牌，"蜘蛛巢城"几个大字依次出现，大雾弥漫的山再次出现在镜头里，通过摇镜头来表现荒凉感。音乐声停止，呼啸的风再次回归，如同影片最开始那样，有近20秒的时间，镜头里只有流动的雾、山和呼呼的风声，苍凉的画面和浑厚的合唱，配合空镜头，既营造了悲凉、恐怖的气氛，又凸显了日本的本土文化特色。大雾逐渐散去，风声减弱，蜘蛛巢城的轮廓渐渐出现在镜头中。在接近两分半钟的时间里，镜头里只有自然之物，没有人物出现，这是否也在暗示自然对人类的巨大甚至决定性的影响呢？是不是说明一切都将消逝，只有自然才是永恒的呢？

黑泽明对《麦克白》的改编主要体现在对母题的把握上，他充分结合日本自身的艺术特色，利用电影特有的技术，将其本土化、民族化，在某个意义上来说，这是一种重构，它既推动了莎剧在日本的传播，也将日本的文化推向了世界。

就"文学电影"的三种改编方法——"借用""交叉"和"忠实转化"而言，每一种方法都有其长处和短处。例如，"忠实"的标准是什么？怎样有效融合经典文学和本民族的特色？如何让外国读者轻松理解本民族文化？但无论哪种方法，都需要导演抓住原著的精髓，不能失去其"文学性"，不能丢掉原著的人文关怀，毕竟"文学电影"不同于其他类型的电影，导演可以在影片中加入技术、技巧，但是最核心的部分不能舍弃。

（二）非改编类"文学电影"

"文学电影"的第二类就是非改编类"文学电影"。既然不是来源于文学经典，那么它们是否还有"文学性"呢？是否还具有"文学电影"的特征呢？答案是肯定的。即使不是源于文学经典的影片，作为"文学电影"，也必须遵循它的规则。

这类作品目前比较少见，其叙事手法依旧主要借鉴文学，电影剧情以演绎文学故事为主，重在体现人文关怀，并借用文学手法进行表达，代表作包括布莱恩·吉尔伯特的《诗人和他的情人们》、大卫·休·琼斯的《查令十字街84号》等。《诗人和他的情人们》讲述的是20世纪的英国文学家艾略特与他的妻子在漫长的18年婚姻中经历的种种磨合、碰撞的故事，以及旷世之作《荒原》是在什么样的环境中诞生的。该电影类似纪录片，但没有采用寻常的故事片和人物传记片的表达方式，从一种与众不同的角度向人们展示了一个女人残破的婚姻和她带有缺陷的精神是如何变相给予丈夫写作的灵感和思想的启迪，对于夫妻之间的感情、对于爱的诠释都更加复杂和真实，透露着人性的光辉。影片走温情路线，一开始的背景音乐就很缓慢，画面色彩对比强烈，红色的花朵点缀在草原上，展现出典型的欧洲乡村环境，远处有几位年轻人在骑车，随后镜头拉近，以摇镜头表现他们轻快地骑车，对面一辆敞篷车开过来，摩登的女性撩起自己的头发。整个画面节奏轻快，以自然的颜色为主。影片的开头其实就已经奠定了片子的主基调。

类似的影片还有《密窗》《精神导师之梦》《时时刻刻》《爱到尽头》《乡愁》《影子写手》等。而在我国，电影类目发展还较为滞后，"文学电影"更是处在发展初期。在屈指可数的"文学电影"中，《黄金时代》可算是近期较为成功的一部作品。我们就以它为例，进行详细的分析。

《黄金时代》是由许鞍华执导，汤唯、郝蕾、袁泉、冯绍峰、王志文、朱亚文、黄轩等主演的一部电影，于 2014 年 10 月 1 日在中国大陆公映，后又在中国香港、意大利、韩国、日本、美国上映。上映后不久就获得第 9 届亚洲电影大奖最佳导演和最佳男配角以及其他两项提名（最佳编剧、最佳女主角），第 16 届中国电影华表奖两项提名（最佳优秀故事片、优秀摄影），第 34 届香港电影金像奖最佳电影、最佳导演、最佳摄影、最佳服装设计、最佳美术指导以及其他 5 项提名（最佳编剧、最佳女主角、最佳女配角、最佳剪辑、最佳原创音乐），还获得了第 51 届台湾电影金马奖最佳导演以及其他 4 项提名（最佳原著剧本、最佳女主角、最佳女配角、最佳剧情片），并被选为第 71 届威尼斯国际电影节闭幕影片。从所获奖项和提名来看，这部电影应该是比较成功的，但是根据人民网的报道，该片在专业认可度极高的情况下，票房并不是那么高，首映日的票房只有 1000 万左右，内地总票房才 5100 多万。

该片的名字颇具深意，何为"黄金时代"？是否真的是"黄金时代"？这个名字也很容易让观众联想到美国的著名小说《镀金时代》，那么二者有什么联系吗？这势必会吸引观众。影片以民国时期为大背景，以民国传奇女作家萧红特立独行的人生以及爱情经历为引子，塑造了当年一群意气风发的热血青年形象，还原了一个海阔天空、充满自由理想的时代。

整部影片像是一部以影像书写的关于萧红一生的文章，在史料的丰富性和真实还原方面可以说做到了极致，但又不同于一般的纪录片。风格在文艺片和纪录片之间转换，演员时不时要进行一下布莱希特间离式的跳出，面对观众像讲述回忆录似的冷静地讲解萧红的人生。这种实验性质的叙事打破了传统故事片的叙事方式。在传统故事片中，观众往往被一个无形的叙述者支配并且毫无意识，而在本片中，影片一开头，就是汤唯扮演的萧红正面面对镜头介绍自己，"我叫萧红，原名张乃莹，1911 年 6 月 1 日

第二章 "文学电影"的概念

农历端午节出生于黑龙江呼兰县的一个地主家庭。1942年1月22日中午11时病逝于香港红十字会设于圣士提反女校的临时医院,享年31岁。"原本隐藏起来的无形的叙述者现身了,她的介绍也很简洁,无煽情的表述,语速较慢,画面采用黑白泛黄的颜色。但是接下来的镜头就是彩色的。这不禁让观众思考:导演是否在模仿遗照?一般来讲,遗照就是黑白色,导演是否把这个传统画面化了?一开始以第一人称叙述似乎会把观众引向对影片真实性的怀疑。随着影片的继续,萧红的弟弟出现在镜头中,欲言又止,眼神也在躲闪:"我姐中学毕业那年,我父亲给她订了一门婚,命令她毕业后成婚,我姐坚决不从,她另有所爱,是我们的表哥陆哲舜,可是他已经结婚了。"她弟弟似乎是在完成其他事情的过程中被要求讲述她姐姐的,类似于随机采访,于是影片真实性又再次增强。弟弟说完姐姐离家的原因之后,画面切换到萧红和表哥即将私奔的镜头,萧红望着远方,充满希望,稚气地一笑。接下来的画面导演采用模糊手法表现,天气非常寒冷,一群人戴着皮帽子坐在马车上,摇摇晃晃。观众看不清楚这群人的表情,整个画面采用的是蓝色调,运用诗意的手法而非真实画面表达,这时画外音再次响起,弟弟说"丢下我姐跑了",画面继续,马继续往前走,镜头拉近,萧红戴着头巾,提着包袱,耷拉着脑袋,和私奔前抬头微笑的样子截然不同。镜头继续拉近,发现是萧红全家搬走,画外音里萧红交代为何当天就搬家,镜头转换,采用俯视,表现一家人的羞愧和无精打采。随着影片的发展,萧红的朋友们纷纷出来叙述与她有关的事情,与萧红自己的叙述交替出现。

这部电影的另外一个特点在于导演借用意识流的手法进行叙述。比较明显的就是小时候和现在的萧红进行随时切换,这种切换明显没有遵从时间顺序,上一个画面还是小时候的萧红,爷爷安慰她长大了就好了,下一个画面就是长大后的萧红说自己虽然长大了却并没有好，接下来就是弟弟在解释萧红过得不好的原因。这种剪辑是按照事件的相关性进行的，在影片中运用得很频繁。

影片没有过多的戏剧性的情节设计，甚至在该有情感烘托出高潮的地方，例如萧红和萧军分开时，萧红见到昔日爱人和他新婚妻子的照片时，萧红独自一人咽下最后一口气、孤独地逝去之时，导演都没有刻意运用光影、对白甚至音乐来创造一种感性的情感宣泄，反之，还刻意泼一瓢凉水，用客观冷静地视角叙述，其实这反而增加了张力。导演时刻提醒观众要跳出影像时空，像读一篇篇严肃的史料一般旁观那个所谓的"黄金时代"。

导演一直试图避免让观众为影片建立起一个内部结构，他一次次打断萧红的叙述，不断出现其他叙述者，观众刚建立好的结构立马需要重构，随着叙述者从各方面进行描述，萧红的形象不断圆满，直到影片结束，观众才可能建立起自己对她的印象。

电影的真实性并没有因为是主角本身在叙述而被解构，导演把文学化的叙述用画面的方式呈现，并且严格参照那个时代史料的记载还原画面，复制背景，比如影片中萧红和鲁迅先生的交流，那个场景就是严格按照《回忆鲁迅先生》里的记载进行还原的。观众在观影过程中需要主动出击，不断寻找证据来印证萧红的叙述，一遍遍重构自己对她的认识，各个叙述者就像在接受采访一样的叙述也在提醒观众需要综合这些叙述才能继续自己的思考。影片的"文学性"非常强，导演希望观众通过萧红的一生，去关注那个时代的女性的命运，影片借用文学的手法进行叙事、表达，需要观众充分集中注意力自己探寻影片的意义，虽然不是从文学经典中改编而来，这部电影仍然可以被称为"文学电影"。

类似的影片还有《一江春水向东流》《小花》《青红》《孔雀》《桃姐》等。他们都不是改编自具体的某部文学作品，但都符合"文学电影"的特征和定义，具有浓厚的文学韵味。《一江春水向东流》讲述了抗日战争时期，纱厂女工素芬悲苦的一生。素芬与夜校老师张忠良（行事却并未体现出忠良二字）结婚，却被丈夫抛弃，独自养家糊口，万般无奈之下投河自尽。她的命运折射出那个时代纱厂女工低下的地位，影片通过这一家人的悲欢反映了抗战时期中国人民的悲苦生活。《青红》讲述了支援三线建设的一家人，青红的遭遇表现了特定时代下小人物与命运抗争的无奈和苦楚。《桃姐》则讲述了一位来自富庶家庭的大少爷与照顾自己的佣人桃姐之间的动人故事，反映了人与人之间真挚美好的感情和社会老龄化问题，质朴的描述和生动的细节刻画将主仆二人不是亲人胜似亲人的感情和一系列复杂的心理活动表现得深刻动人。

20世纪70年代，德国著名导演法斯宾德擅长拍摄情节剧，与别人的不同之处在于他试图通过情节剧表达自身对社会、人性、历史、政治等方面的思考。在他的著名情节剧《恐怖毁掉精神》中，法斯宾德大量采用文学中的押韵手法进行画面处理。例如有一组镜头是这样拍摄的：第一个镜头经由楼梯的扶手栅栏拍摄到艾米孤身一人坐在楼梯上吃午饭；第二个镜头是她的同事们聚在一起嘲笑讽刺她；紧接着第三个镜头选取了同样的机位拍摄新来的女工坐在相同的台阶上吃午餐，扶手的栅栏仿佛牢笼一般；而最后一个镜头则是艾米加入了同事的圈子，一同嬉笑挖苦新来的女工。这组镜头巧妙地将诗歌中重复、押韵的手法做了移植呈现，使得一个较为复杂的情节仅仅运用四个镜头组合就得以阐释，简洁工整，并且还蕴含了对于人性善恶的讽刺。法斯宾德的作品经常借助左翼戏剧理论家布莱希特的间离效应理论，使得观众跳出情节本身去观察文本的形式，进而思索为什么使用这种形式。这些影片突破了观众对于情节剧的期待视界，让观众去思考对于传统情节剧的认同感究竟来源于哪里，又有多少是缺乏理性审美的。法斯宾德"不仅打破或推翻了情节剧的原则和基本结构,还展示了作为社会缩影和显微镜的电影中,个人遭受的痛苦和情感压抑能够如何被理解为政治问题。他还展示了如何让观众与情节剧保持一定的心理距离和超脱性,从而使情节剧在理性层面发挥作用和影响"[①]。

值得注意的是,不是所有"文学电影"都改编自文学作品,相反,也并非所有改编自文学作品的电影都能被称作"文学电影"。文艺复兴之后,正统文学的概念就与三伪文学(愚民谎言文学、御用文学、妥协文学)逐步脱离,直至完全分道扬镳。三伪文学虽然也是以文字为载体的作品,但本质上并没有艺术价值,充其量只是或多或少包含些许文学色彩的消费品。相应地,"文学电影"也存在真伪之分。许多改编自小说的电影作品由于其改编过于注重戏剧化、电影化,或是改编方式手段过分弱化文学内涵,强化视觉效果等,都无法称作"文学电影"。

非改编的"文学电影"目前在中国的接受度还不是太高,不过随着电影的进一步发展,其未来应该有很大的潜力。

---

① 罗伯特·考克尔:《电影的形式与文化》,郭青春译,北京大学出版社,2004年版,第163页。

第三章 "文学电影"的修辞手法与价值意义

电影是综合的艺术,故事情节的展现在电影中永远排第一位。展示故事,突出故事的主题,这当中必然少不了修辞的运用,对于"文学电影"而言,更是如此。为什么修辞如此重要?这又得回到"文学电影"的界定上来。正如本书第二章所说,不是所有改编自文学作品的电影都能被称为"文学电影",也不是所有的"文学电影"都改编自文学作品。这是因为电影的"文学性"就是区分"文学电影"与"非文学电影"的界限。因此,"文学电影"在修辞手法的运用上与文学有许多相似之处。

王力在《汉语语法纲要》中指出:"若拿医学来做比喻,语法好比解剖学,逻辑好比卫生学,修辞好比美容术。"[①] 修辞的作用和功能显而易见,修辞的使用可以更好地展示形象,而形象则是情感的载体。尽管王力这里所说的修辞主要是针对一般意义的语言修辞而言,但实际上,电影作为一门特殊的语言,这段话同样适用。电影主题的传达建立在所表达的情感基础上,但这种情感本身是抽象的、看不见摸不着的。抽象情感的具体化就需要借助修辞的手法,以此描绘形象,实现电影创作表情达意的需要。

---

① 王力:《汉语语法纲要》,《王力文集》(第三卷),山东教育出版社,1990年版,第156~157页。

"文学电影"在电影基本的表意叙事功能的基础上，又多了一重文学性的特色。而修辞正是连接"文学性"与"文学电影"的重要桥梁。修辞的运用凸显了"文学电影"中对人性的深度剖析、对人类生存境况的哲理思辨的能力。本章将着重分析"文学电影"的修辞元素、修辞策略，并进行个案分析。

一、从语言修辞到电影修辞

（一）语言修辞

　　修辞学是一门古老的学科，有着悠久的历史。在我国，"修辞"一词早在《易经》中就已出现，"修辞立其诚"是指用有文采、有说服力的手段分辨事理，是表意的手段。而在古希腊，修辞与辩论直接联系在一起，亚里士多德将修辞定义为"一种能在任何一个问题上找出可能的说服方式的功能"。也就是说，西方修辞学最初是与"演讲或说服的技巧"相关的，具有很强的功能性和实用性。

　　到了中世纪，古典修辞的运用已开始发生转向，修辞逐渐成为宗教活动的主要表达方式。这一时期的代表人物奥古斯丁通过研究古典修辞，认为古典修辞学具有教诲的作用，于是将修辞与布道结合在一起，使布道成为艺术性的行为，布道修辞学也应运而生。后来的"大学布道"亦称为"主题布道"沿袭了奥古斯丁的做法并加以改良，为的是找出最佳的方式把主题传达给信教徒们。

　　后来伴随着书信联系的增多，除宗教活动而外，书信也成为修辞学研究的对象之一。书写的语言、格式都离不开修辞学，因此，修辞学开始转向对书面语言的关注，为后期的发展奠定了基础。

　　到了文艺复兴时期，修辞学已脱离传统修辞学对国家层面的关注，与文艺理论和文学批评紧密联系起来。这既源于修辞学开始转向书面语言，又与文艺复兴时期的背景紧密联系。在这种情况下，修辞学展开了对文艺作品的深入研究，尤其是诗歌的结构、修辞格、比喻等。到了18世纪，修辞学在内容的宽度和深度上又往前进了一步，"18世纪末，修辞学与历史、诗歌、文学评论、美文学等发生了更密切的联系。这个时期的美文学崇尚古典作家和演讲家，将古典修辞学中的规则运用于文学批评。文学家们还认识到，文学有娱乐和教育的作用，从而与修辞中的劝说作用一致起来了。文学的这种劝说作用至今还影响着为数众多的人们"[①]。

20世纪中期以后，"语言转向"直接导致"修辞学的转向"，新修辞学由此诞生。新修辞学的出现使得修辞学挣脱传统修辞学的束缚，立足于整体文化，从哲学、文化学、社会学等不同学科出发，对修辞现象进行综合描述和阐释。修辞理论开始变得多元化。温科学指出："今天，把修辞的目的当作劝说的观点依然流行，但修辞的本质在于它可以在人类的交往中用于解决分歧，促进共同的理解，达到社会的和谐。从劝说到交往，这是当代修辞学与传统修辞学的根本差别。"[②]

随着媒介的多样化，尤其是媒介变化带来的视觉文化的发展引发学者们对视觉文化修辞的思考。与语言文字修辞不同，视觉文化以视觉符号为载体，有很强的可视性，这种可视性所提供的内心感受比语言所能展示的更直观、更丰富、更加灵活多样。视觉修辞除了体现在静态的图像中，也体现在动态的影像中。美国电影评论家大卫·波德维尔就曾说道："修辞形式存在一切媒介

[①] 从莱庭、徐鲁亚：《西方修辞学》，上海教育出版社，2007年版，第49页。
[②] 温科学：《当代西方修辞学理论的发展与创新》，《福建师范大学学报》（哲学社会科学版）2003年第6期，第25～30页。

之中。"① 其中当然也包括电影。

(二) 电影修辞

随着媒介发展,电影修辞应运而生。与一般的语言文学修辞一样,电影修辞同样也是表意手段和言说方式。但值得注意的是,电影体裁本身就有别于文学体裁,电影有"自己特有的单词、造句措辞、语形变化、省略、规律和文法"②。因此,与语言文学的修辞相比,电影修辞既具有语言文学修辞的思维特点,同时也有其特殊性。

电影本身具有动态性、可视性、听觉性,这几个特性规定了修辞的手段和功能。

第一,动态性。语言文学的载体是文字符号,文学是用语言符号讲述故事。语言本身具有抽象、概括、隐喻等特点,因此,修辞的运用赋予了静态的语言符号形象性,形象化的语言让文学更容易被理解和把握。而电影则不同,电影的载体是视听符号。电影直接呈现故事内容,一切尽在观众眼前,可见可感。

动态的电影由于有了修辞,意义阐释的途径变得多样化,意义也随之得到拓展。电影修辞诉诸感官,摄影机的选择、演员的参与、背景的构建都给电影增加了新的内涵。影像本身的丰富性,加之修辞的运用赋予了意象和情节更多的内涵,使所指大于能指,文本意义格外丰富和开放,具有很强的阐释性。让·米特里指出:"虽然影像与它展示的事物相类同,它总是会为被摄事物增添某些意义。"③ 马尔丹也意识到这点:"由于电影画面含有

---

① 大卫·波德维尔、克里斯汀·汤普森:《电影艺术:形式与风格》,彭吉象译,北京大学出版社,2005年版,第139页。
② 马塞尔·马尔丹:《电影语言》,何振淦译,中国电影出版社,2005年版,第5页。
③ 李恒基、杨远婴:《外国电影理论文选》(上册),生活·读书·新知三联书店,2006年版,第334页。

各种言外之意，又有各种思想延伸，因此我们倒是更应该将电影语言同诗的语言相比。"①

第二，视觉性。彩色电影的出现不仅是技术的进步，也提高了审美愉悦度的加深。彩色电影还原了生活的场景，成为电影修辞的一个重要手段。电影画面直接展现在观众面前，画面色彩的浓淡、构图的协调产生了强烈的视觉效果，给予观众强烈的感官刺激。罗伯特·考克尔说道："电影把它们用人们立刻就能理解的、几乎可以触知的视觉语言演绎出来。在电影中，时间和空间几乎感觉是真实的，人物是活生生的、有感情的，电影中的生活就好像是正在发生着的。……它比文学、绘画、摄影更动人地表达大众的愿望，它以更生动形象的形式表达不同阶层、不同经济地位的大多数人想看、想听的东西。"②

第三，听觉性。声音的加入宣告传统默片时代的结束，迎来了电影的新时代。电影不再是平面的展现，而成为一门结合了视觉与听觉的艺术。通过演员台词的表达、音乐的烘托、电影世界中各种音响的再现，电影声音也参与到叙事中，推动剧情的发展，使观众在观看电影画面的同时，可以同时感受到与画面一致的声音，更好地了解电影中的人物形象、把握电影世界中的时代特征和故事情节，从而增强和深化观众的观影体验。

电影的声音主要包括语言、音乐和音响。这里所说的语言主要是指"影片中各种角色（人类或非人类角色）发出的有声语言"③。也就是说，电影人物的声音包括对白、旁白、解说都应

---

① 马塞尔·马尔丹：《电影语言》，何振淦译，中国电影出版社，2005年版，第53页。

② 罗伯特·考克尔：《电影的形式与文化》，郭青春译，北京：北京大学出版社，2004年版，第22页。

③ 姚国强：《影视录音——声音创作与技术制作》，北京：中国传媒大学出版社，2002年版，第100页。

该属于语言。语言不仅是人物个性塑造的手段，也是展现电影主题的策略。耐人寻味的对白、旁白、解说往往成为经典，待人细细品味。例如：

"你要尽全力保护你的梦想，那些嘲笑你的人，他们必定会失败，他们想把你变成和他们一样的人。如果你有梦想的话，就要努力去实现。"——《当幸福来敲门》

"恐惧让你沦为囚犯，希望让你重获自由，坚强的人只能救赎自己，伟大的人才能拯救别人。记着，希望是件好东西，而且从没有一样好东西会消逝。忙活，或者等死。"——《肖申克的救赎》

除了对白而外，旁白和解说也会成为电影中的经典。以《水形物语》结尾中如诗般的旁白为例：

分辨不出你的轮廓
因你时刻在我左右
你存在着，将温情注满我的双眼
使我感到如此渺小
因你无所不在

除了语言而外，电影内容的表达离不开音乐，音乐是电影的重要组成部分，衬托了电影所要表达的情感、主题。音乐如同电影的"第二台词"，可以用于表达人物无法用语言表达的情感或复杂的内心活动，就像一个解说员带领观众走进人物的内心世界，更好地把握电影主题。

从类型上划分，音乐可以分为器乐和声乐；从形态上划分，包括有声源音乐和无声源音乐。器乐和声乐不难理解，那么有声源和无声源指的是什么呢？

在电影中，画面内的音乐如画内音乐、客观音乐都称为有声源音乐，而来自画面叙述场景以外的音乐是一种外加的音乐形式，即为无声源音乐。当然，在一部电影中，不同类型音乐的运用是由电影的需要而决定，或单独使用，或结合在一起。例如在电影《音乐之声》中，多次出现器乐、声乐、画面内音乐的结合（如图3-1所示）。

图3-1 《音乐之声》剧照

音响是对语言和音乐之外所有声音的总称，是对音乐、人声、混响的处理，是电影中多种声音的综合，包括背景中的各种声音效果，可以分为自然音响、机械音响、动作音响和特殊音响。音响是电影艺术赖以生存的创作材料和元素之一，音响的设计可以营造出真实的听觉空间，使电影极具艺术生命力和感染力。

（三）文学电影修辞

从上述分析不难看出电影修辞的特殊性和复杂性。那到底什么是电影修辞呢？周斌认为电影修辞实际上就是"如何更好地运用视听技巧和艺术手段去传情达意，以便更形象生动地表达影片的思想内涵，即如何艺术地使用电影语言，以达到自觉的语言审美目的"[1]。周斌指出电影修辞的运用是为了求得电影在形式和内涵上的"美"。李显杰也持类似的观点，并进一步对电影修辞进行了界定和阐释，他认为电影修辞不仅仅是对电影形式的关注，而且也应该将电影观众纳入考虑范围。所有信息的传达都离不开电影修辞，在其著作《电影修辞学：镜像与话语》中，李显杰指出："以影像的突出、错位、变形、幻构等特殊呈现手段，力求达到强化、扩展、深化或建构某种特定含义和特殊视听效果的、具有相对特殊呈现形态的电影意指方式或手法。"[2] 应该说，李显杰的定义更加清楚明确地从修辞手段、修辞功能、修辞性质等方面对修辞进行了详细阐释。

在这个定义的基础上，我们需要思考的是：电影修辞和文学电影修辞的区别是什么？顾名思义，"文学电影"是电影中的特殊体裁，因此，"文学电影"的修辞与电影修辞具有共性。也就是说，"文学电影"具有一般意义上电影修辞的思维模式与修辞手段。那么这是不是说明文学电影修辞与一般电影修辞毫无差别？根据本书第二章对"文学电影"的定义与描述，可以得知"文学性"是"文学电影"区别于其他电影的标志，因此，凸显电影"文学性"的一切修辞手段都可以被纳入其中。这也可以阐释为什么有的电影并非由文学作品改编，但却可以被视为"文学电影"，这正是由于其修辞的运用。

鉴于此，在李显杰对电影修辞定义的基础上，我们可以将文学电影修辞初步定义为"一种以包括语言、影像、声音要素在内

---

[1] 周斌：《电影语言与电影修辞》，《修辞学习》2004年第1期，第20~26页。
[2] 李显杰：《电影修辞学：镜像与话语》，文化艺术出版社，2005年版，第24页。

第三章 "文学电影"的修辞手法与价值意义

的电影语言为载体,通过叙事和抒情的修辞方法,以凸显电影文学的'文学性'和'电影性'为目的,力求达到电视语言视听效果或意义的强化、扩展或者建构,并促使电影与观众进行交流的意指方式和手法。"

根据这个定义,"文学电影"的修辞手段既具有电影修辞的特性又具有文学修辞的共性。这里又涉及另一个概念——修辞手段。一切电影中具有修饰作用的方法、手段和策略,如光影的设计、声音的调节、画面的剪切等都可以被视为修辞手段。修辞手段的运用主要是为了呈现出不一样的电影画面,塑造人物形象,传达电影主题。电影学者陈志生认为修辞可以"让心灵和眼睛共同感动,这就是电影的诗意……电影如果没有让我们灵魂震撼的音符,我们何以感受到电影存在的意义?……电影作为形式感极强的艺术类型,注重的是形式,但是更多的是形式呈现的意义,它本身对故事中呈现的逻辑都应该具有诗性智慧的建设,使用的修辞格或光影元素,都是对空间和人物的另一种修饰,这种修饰能力可以让任何自然化的空间或场景,都能够在电影中被诗性地呈现……"[①] 陈志生对修辞的作用进行高度评价,称其为"电影诗性"的呈现手段。其实,这与电影本身的特性是分不开的。对于"文学电影"而言,电影本身内涵丰富,显示了一定的人文关怀,因此修辞就成为连接观众和电影的桥梁,一方面有效地传达电影的思想,另一方面使观众更好地理解电影。

---

① 陈志生:《电影诗意语言类型的研究》,中国电影出版社,2012年版,第2~3页。

二、"文学电影"的修辞元素

（一）影像修辞

"电影应当把剧本中的文学因素变成造型的、可见的感觉形象，这是电影的文学性和特性结合的一个重要方面。"① 这说明影像是所有电影修辞中最直观可感知的元素，"文学电影"也不例外。影像修辞赋予电影表达的具象性，观众不再是被动地接受影像所带来的视觉的愉悦，而是成为主动的参与者，去感受影像修辞表述的开放性，为电影表达提供无穷的阐释，充分挖掘电影内在的意蕴和内涵。巴拉兹认为："虽然电影主要是依靠摄影的技术，但它在刚一诞生时就开始探索风格化的可能性了。导演们努力通过构图、灯光效果、特写、软焦点、变形、特别是通过角度和方位来获得美丽如画的效果。"② 影像修辞包括光影的构造、色彩组合、人物塑造、自然景观等。其中光影和色彩两个元素对"文学电影"的产生和解读起到了不可或缺的作用。

生活中离不开光，"光使我们看见影像。我们看见什么和怎样看见，往往取决于光的性质和质量。不同时间、地点、阴影、色彩、光线都有所不同"③。白天阳光可以使我们心情舒畅，夜晚回家路上的盏盏灯光让人感到温暖。没有光，我们只能生活在黑暗中。同样，电影也离不开光。在电影中，光是造型的基本物质手段，有光就会产生影。作为电影重要的组成部分，光影对电影有着举足轻重的作用，可以展现电影的风格，刻画人物形象，

---

① 张成珊：《电影的文学性与特性》，《电影的文学性讨论文选》，中国电影出版社，1987年版，第45页。
② 贝拉·巴拉兹：《电影美学》，何力译，中国电影出版社，1978年版，第289页。
③ 李·R. 波布克：《电影的元素》，伍菡卿译，中国电影出版社，1992年版，第65页。

第三章 "文学电影"的修辞手法与价值意义

推动故事的发展,还可以"突出和塑造拍摄对象的线和面,创造空间深度的印象,表达情绪和气氛,甚至于在偶然的场合下,加强某些戏剧性效果"[①]。例如,在恐怖片中,故意曝光过度,使角色的脸色苍白,形成诡异的效果;暗淡的灯光可以显示人物压抑、低落的情绪;忽明忽暗的光可以制造紧张的气氛。

香港电影《暗花》中对光影的运用几乎达到了炉火纯青的地步(如图3-2所示)。影片的开头是一片漆黑,唯一的光源只是来自方向盘的底光,光影的单一正是为了表现人物阴险的性格特点。随后一束突如其来的强光出现,预示着情节的变化。随后出现的昏暗的灯光、阴冷的小巷无一不是为影片的主题服务的。

除了塑造角色,光影也能传递信息。当耀东和阿琛在饭店相遇时,门打开时耀东脸上被打上强光,此时,阿琛走进来关上门,强光随之消失,饭店重新回到灰暗中。耀东和阿琛两人都是属于这个昏暗世界的人,外面的世界再美好,对他们来说也只是如同刺眼的阳光。

光影运用达到高潮的是影片最后镜子的运用。影片末尾,耀东与阿琛两人来到仓库对决,仓库里本来光线暗淡,四周的镜子却可以折射出一丝光亮。镜子中不时地投射出对手的影子。两人转而向镜子里的自己开枪,破碎的镜子后面是强烈刺眼的光,仿佛被打碎的是通往外界的一扇门一样。光下,浮尘飘落,营造出一种抽离现实的美感。

[①] 李·R. 波布克:《电影的元素》,伍菡卿译,中国电影出版社,1992年版,第9页。

图3-2 《暗花》剧照

《暗花》的画面美感很大程度上归结于光影的使用,光影已经不仅仅是电影的物质材料,而是成为表意的重要手段,凸显电影的风格和主题,并且给观众更多的解释空间。意大利导演费里尼就非常重视光影的运用,他认为:"在电影中,光影就是一切,它是质感、情趣、风格、描绘。"[1]

光影与色彩总是紧密联系在一起,导演乔·怀特在拍摄由文学作品改编的电影时总喜欢将柔光和素雅的颜色搭配使用,使电影画面如同一幅幅精美的油画,给电影加上一丝浪漫主义色彩。作为电影修辞中重要的元素之一,色彩"已经超越了自然物的形式外观,上升为一种极为重要的造型元素,它不仅能表现出事物的色彩,而且能够唤起观众的情绪,表达某种情感或意义;色彩可以参与一部影片的整体结构,通过色彩的变化来转化时间和空间;由于色彩背后存在着一定的文化含义,因而运用色彩来隐喻和象征也成为人们普遍关系的问题"[2]。色彩修辞具有强烈的表意效果,对展示电影的主题有着重要的意义。由于色彩本身就具有象征意味,在电影中更被赋予了独有的含义。不同色彩的搭配组合常常带来强烈的视觉冲击力,可以表达或强化电影的气氛、

---

[1] 姚汝勇、杨玉霞:《光影里的叹息声——从电影本体读影片〈一声叹息〉》,《电影文学》2006年第9期,第42页。

[2] 刘宏球:《电影学》,浙江大学出版社,2006年版,第38页。

揭示人物关系。

以《辛德勒的名单》（Schindler's List）为例，这部影片于 1994 年获得了第 66 届奥斯卡金像奖最佳影片等 7 个奖项。这不仅是因为其主题思想的深度，也因为电影的艺术表现非凡，几乎难以超越。其中最重要的一个手段就是色彩修辞的运用。

影片改编自澳大利亚小说家托马斯·肯尼利的同名小说。当导演史蒂文·斯皮尔伯格读到这本书的书评时，对辛德勒的故事产生了浓厚的兴趣。电影《辛德勒的名单》于 1993 年 12 月 15 日在美国正式上映，产生了巨大的反响。

电影以时间为序，讲述了事件发生的全过程。1939 年，纳粹德国统治了波兰，犹太人被党卫军进行了隔离统治。德国商人奥斯卡·辛德勒来到德军统治下的克拉科夫，开设了一间搪瓷厂，生产军需用品。凭着出众的社交能力和大量的金钱资本，辛德勒和德军建立了良好的关系，他的工厂雇用犹太人工作，这为后面解救犹太人埋下伏笔。1943 年，克拉科夫的犹太人遭到了惨绝人寰的大屠杀，辛德勒目睹这一切，受到了极大的震撼，他贿赂军官，让自己的工厂成为集中营的附属劳役营，在那些疯狂屠杀的日子里，他的工厂成为犹太人的避难所。1944 年，德国战败前夕，屠杀犹太人的行动变得越发疯狂，辛德勒向德军军官开出了 1000 多人的名单，雇佣这些犹太人在他的工厂工作，以帮助他们逃过被屠杀的命运。

影片中的色彩选择具有浓厚的象征和隐喻的意味。黑色代表庄重、严肃、恐惧、死亡、凶险和邪恶；白色代表着纯洁、神圣、高贵、病态和冷漠。两种颜色的混合使用使整部影片显得深沉，充满了压抑感和凝重感，突出主题思想的严肃性，增强了历史感的同时奠定了影片的主要情感基调。第二次世界大战对犹太人的屠杀无疑是个沉重的话题。为了更好地展示战争带来的痛苦和灾难，电影《辛德勒的名单》对色彩进行了变革，黑白镜头的运用成为一次重大的尝试。黑色和白色成为电影的基调,这样更能还原历史,让那段犹太民族不堪回首的痛苦记忆展现在观众面前,令人悲愤不已。

影片刚开始的烛光是有彩色的,彩色是自由开放的象征,但很快烛光的彩色消失,画面变成了黑白色,灰暗和恐怖由此拉开序幕,定下了整部影片的基调。影片始终保持黑白色调,直到一个小女孩的出现。影片中唯一一处用黑白色彩之外的颜色,就是小女孩身上的红色外套。见辛德勒和妻子骑着马在一块高地上瞭望克拉科夫城的屠杀,看到从犹太人居住的房里走出来一个身着红色外套的小女孩,穿过杂乱的人群(如图3-3所示)。这一抹红色与周围的背景色彩格格不入,产生了极具艺术力的视觉效果,也瞬间引起了辛德勒的注意。从黑白色到红色,色彩的变化暗示着辛德勒的内心情感正在发生变化。红衣小女孩的出现第一次触动了辛德勒的内心,他感受到战争的残酷,那个红色的小身影引起了辛德勒的关注。本来冷酷绝情、唯利是图的商人渐渐被唤醒了良知。同时红色的身影也牵动着观众的情绪,观众开始紧张起来。

图3-3 《辛德勒的名单》剧照

红色与黑白色形成鲜明的对比，在残酷的战争中极具戏剧性，成为情节的转折点，推动着剧情的发展。随后，镜头一转，小女孩又背对镜头而去。而此时非常关注小女孩命运的辛德勒往下探头细看，看见小女孩转了回去。接着小女孩穿过纳粹杀人区时，纳粹拿起枪，一枪打死了五个犹太人，小女孩的命运到底会怎样？红色的身影牵动着辛德勒和观众的心。此时，这抹红色已经不仅仅是实际的色彩，更重要的是象征意义上的红。如果说黑白色代表着黑暗无望的世界，隐喻着暗无天日的生活，那么红色就是生命和希望的象征，照亮了辛德勒内心深处，唤起了他生命和爱的本能。这抹刺眼的红成为人性的光芒的映射，使辛德勒找回自己的灵魂，坚定了信念，点燃了战胜邪恶的勇气和力量之火。

　　在电影中色彩不仅是满足画面构图的需要，更重要的是发挥色彩修辞的隐喻功能。色彩成为影片此时的主角，独具匠心的黑白色与红色形成强烈的反差，构成影片中死亡与希望的双重寓义。当那仅有的红色也淹没在推往焚尸炉路上的破板车里时，生命的火焰不再跳动，那份美好已经不复存在。画面的表现力和冲击力得到了增强，观众和辛德勒的心随着红色的消失而为之震撼，纳粹的疯狂与残忍被展现得淋漓尽致，更加唤起人们对和平的希冀。

　　色彩的合理选择和运用能够大大提高电影视觉的审美效果，为电影营造不同的氛围。电影中常通过不同色彩的综合运用来揭示人物的内心世界，引起观众不同的情绪反应。色彩的象征意味在法国电影《蓝白红三部曲》中体现得尤为突出。《蓝白红三部曲》包括三部电影《蓝色》《白色》《红色》（如图3-4所示），电影名称来源于法国国旗从左到右的三种颜色。

图 3-4 《蓝白红三部曲》电影剧照

影片《蓝色》讲述了朱莉的故事。朱莉有个幸福美满的家庭,丈夫是一位著名的作曲家,还有一个可爱的儿子。但在一次全家外出时,意外的事故夺走了朱莉丈夫和儿子的生命,朱莉痛不欲生,几度想要跟随丈夫和儿子到另一个世界去。她不知道今后的生活到底何去何从,内心充满了悲伤,唯一能安抚她的就是丈夫昔日作的曲子,朱莉听着丈夫的曲子,泪如雨下。朱莉想努力让自己重新站起来,摆脱痛苦,于是她打算扔掉丈夫全部的乐稿。一次偶然的机会,丈夫生前的好友奥利弗得到了一份乐谱。出于好意,奥利弗将这份乐谱传播开来,并告诉朱莉这份乐谱创作的缘由,原来丈夫生前对她有不忠行为。朱莉痛苦万分,曾经的猜测变成现实。一边是丈夫的离世,一边是丈夫的不忠,朱莉沉浸在悲伤和愤怒中,奥利弗见状感到万分愧疚,认为这一切都

第三章 "文学电影"的修辞手法与价值意义

是他引起的。于是奥利弗准备帮助朱莉重新面对人生。两人的关系在猜测中小心翼翼地开始了。

整部影片笼罩在忧郁的蓝色中,蓝色的泳池,蓝色的玻璃串灯饰、蓝色糖纸……这些蓝色共同构成具有多种意义的象征,不仅给观众带来了视觉的愉悦,形成了极强的艺术感染力,更重要的是为女主人公营造了一个独特的心理背景。作为冷色调的蓝色暗示着朱莉内心的痛苦,对丈夫的深爱,对家庭生活的怀念,得知丈夫出轨时的愤怒等,为了展示朱莉内心的微妙变化,在蓝色的处理上还用到了色阶的变化,使影片处处充满感情色彩。

与《蓝色》类似,《白色》几近于黑白片,白色散落于电影中的每一个角落,如法院灰白色的门、薄薄的白雪、结冰的河面、白色的鸽子、白色的雕塑,极为自然地展示出生活中的场景,虽然不像《蓝色》那样直击人物内心,但《白色》可以让观众从外部场景逐渐体验人物的情感活动。

在电影中,白色意味着平等,但同时也隐喻着为了平等所必须忍受的侮辱。《白色》的男主角似乎就一直在寻求一个平等的点。男主角卡洛是一个移民法国的理发师,工作上的压力和生活在异国他乡的孤独感使他萎靡不振。对此,他漂亮的法国妻子非常不满,开始和其他男人发生关系,并且提出离婚,把卡洛赶出家门。卡洛非常难过,在白色马桶中狂呕,然后翻身坐在白色马桶和白色的烟灰桶之间。

接下来,穷困潦倒的卡洛选择藏在箱子里偷渡回祖国波兰。谁知道,箱子却被窃贼偷走并打开,窃贼一无所获,把卡洛打了一顿。卡洛趴在白色的雪地上,白色的鸟儿在上空飞翔,此时的白色暗示着卡洛为了求得平等而受到的侮辱。回到波兰后,卡洛接手以前的发廊工作,后来得到机会发了财,一夜之间成了大富翁。他精心设置了一个圈套请前妻来继承大笔遗产,这期间有两次白色画面的特写,象征着此时的卡洛终于和妻子平等了。而在结尾处，叙述又回到卡洛与妻子的白色婚礼上。爱情中的两个人平等地开始，却不能平等地相处，为了爱情地位的平等，卡洛从付出到复仇。白色的反复出现使其具有了象征的含义，白色的主色调却使影片带上了黑色幽默的元素，提醒观众所谓"平等"并不是一个空的口号，而是有条件的，即所有的平等都是建立在一系列的基础上，哪怕夫妻之间也是如此。

《红色》在《蓝色》和《白色》的基础上再一次把颜色的运用推向了极致。红色无处不在，红色的汽车、红色的衣服、红色的桌布、红色的笔记本……一一再现在电影中，这既符合日常生活中的场景，同时，醒目的红色也刺激着观众的感官，让观众直接感悟色彩的暗含之意。影片中随处可见的红色，每一次出场都是意味深长，无不流露出对人类心灵困苦的深深悲悯。红色的车灯象征危险，咖啡店榨汁机上的红色樱桃象征精神创伤，红色夹克象征记忆中的爱，小红蝴蝶结象征着爱情的浪漫。影片淹没在红色构筑的世界里，有流动的红色、静止的红色、模糊的红色、具象的红色。红色就像一个调子，缓缓流淌在影片中，形成影片叙述主题的线索。

如果说白色是对平等的追求，那么红色就是以博爱为核心。红色是情绪、生活态度的代名词，影片中女主角瓦伦丁积极向上的生活热情正是红色的隐喻。影片的结尾，瓦伦丁去英国的轮船遭遇暴雨袭击，只有七个人生还。得知消息的老法官紧张得双眼通红，盯着电视画面看着生还的人，直到第七人瓦伦丁的出现，老法官才松了一口气。而此时的瓦伦丁显然是受了惊吓，脸上挂满泪水，头发上也有水珠滑落。而她身后是一片红色的背景，此时的红色代表着影片悲剧意识的结尾，也间接地道出人类感情与命运的相似性，奠定博爱的感情基调。"红色"引发观众对现代人生存状态的思考：究竟什么才是人类应该追求的？

有意思的是，这三部曲中，每一部都有蓝、白、红三色同时出现，例如《白色》中，卡洛亲吻雕塑时，镜头对准了架子上白色的牙膏，而牙膏边是蓝色和红色的杯子。卡洛邂逅了同样来自波兰的米克拉伊，当两人在地铁站喝酒时，座椅是蓝色的，箱子和米克拉伊的围巾则是红色的。

（二）声音修辞

前面已提到电影具有听觉性，是融视听一体的艺术形式，因此，除了影像修辞而外，声音的重要性不言而喻。声音修辞的使用既可以弥补影像修辞的不足，又可以带来听觉的享受，甚至可以通过声音来构建并没有呈现的画面。"通过某一场景中的声音，我们对影像所投射出来的感觉、信息、语义、叙事、结构或表达，是通过声音元素来实现的。我们在影像中所看到的剧情，实际上不仅仅是看到，而且是在声音中看到。"[1] 例如"辚辚车声渐起使人感到城市在黎明中苏醒，蟋蟀和纺织娘的歌声使人感到夏夜和秋夜的静寂，低低的耳语使人感到两个人的接近，而嘈杂的叫声不用视觉也能使我们感到整个闹市的情景"[2]。电影的声音包括人声、音乐和音响。本节将重点讨论音乐和音响两种修辞元素在"文学电影"中的使用与功能。

电影中一切音乐和歌曲都可以视为电影音乐。电影音乐不仅是传递影片情感的手段之一，也可以调节气氛，推动情节的发展。苏珊·朗格曾对音乐的价值有过高度评价："生命活动最独特的原则是节奏性，所有的生命都是有节奏的。……生命体的这个节奏特点也渗入到音乐中，因为音乐本来就是最高生命的反应，即人类情感生活的符号性表现。"[3] 苏珊·朗格将音乐视为

---

[1] Michel Chion & Claudia Gorbman, *The Voice in Cinema*, New York: Columbia University Press, 1999, p. 6.
[2] 朱小丰：《电影美学》，上海文艺出版社，2012年版，第116页。
[3] 苏珊·朗格：《情感与形式》，刘大基等译，中国社会科学出版社，1986年版，第146页。

"人类情感生活的符号性表现"充分地肯定了音乐对生活中情绪的影响。可见，电影中音乐的本质就是情感的内在抒发。

电影中将音乐的作用发挥到极致的一个典型例子当属 2001 年上映的电影《珍珠港》，电影上映后，其剧情引起人们的争议，不少观众认为视觉虽然震撼，内容却乏善可陈。出乎意料的是人们毫不掩饰地表达了对片中音乐的喜爱。有人认为是音乐拯救了这部影片，也有人戏称《珍珠港》中的只是音乐的 MV 而已。可见，《珍珠港》音乐有多深入人心！《珍珠港》也因此获得了第 74 届奥斯卡的最佳音效剪辑奖，以及最佳音响、最佳原创歌曲的提名。同年，获得美国金球奖的最佳原创歌曲、最佳电影配乐的提名。《珍珠港》中的音乐如同整部电影的灵魂，10 首配乐串起电影的不同场景，让观众更了解人物的不同性格、深入人物的心灵。战前，音乐舒缓，一切仿佛都是那样美好，与影片结尾处的音乐形成强烈的对比，震撼人心。结尾的音乐非常具有感染力，美好如同梦一般破碎，经历了战争硝烟和生活的磨难，跌宕起伏的音乐，让听者为之动容、百感交集。在一个战地医院的片段中，放眼望去全是受伤的战士，以及好多战士们的尸体。悲惨的画面通过慢镜头展示，配上弦乐和女声哼唱的无词歌，成为此时叙事的最好模式。

音乐对于电影的作用和魅力不言而喻，而在"文学电影"中，音乐作为修辞的重要元素，能够委婉细腻地表达电影的情节和主题，带给观众更多的情感体验和阐释空间。正如文学需要读者解读才有意义，"文学电影"也离不开观众，音乐成为联系电影和观众的途径之一。

例如，在电影《红高粱》九儿被日本人杀害的片段中，当九儿倒下的那一刹那，余占鳌抱着酒坛冲出高粱地，豆官往前奔跑，伴随着这三组镜头的音乐还是颠轿那场戏的音乐。但是彼时喜庆的音乐此时却没有了喜庆的意味，反而多了份悲壮。电影以

第三章 "文学电影"的修辞手法与价值意义

这种唯美的方式表达了对九儿的赞美,当听到这段音乐,观众会不禁联想起这段音乐曾经出现的场景,音乐里凝结了九儿与余占鳌的情感,重复使用这段音乐让人不禁心生感触,被电影所感染。

在《辛德勒的名单》中,除了色彩的选择独具匠心,音乐的搭配也是别出心裁。整个配乐具有强烈的感染力,为了配合影片黑白色的画面风格,影片的音乐充满了人文关怀。整个音乐是以小提琴和大提琴的独奏为基调,吸取了犹太民族音乐的旋律特点,温和细腻,哀而不伤,充满了感恩和缅怀之情,引发观众对历史错误的反思。影片的结尾处,主题曲伴随着画面中犹太墓碑的长道缓缓流淌,尽管没有一句歌词,但舒缓的钢琴曲却令人百感交集,此时的音乐俨然成为最具感染力的旁白。这就是声音修辞的魅力,"声音既不是凭主观经验感受,也不是通过围绕在其周围的茫然与不确定,而是可以'吸引'人们的情感"[①]。观众被声音所"吸引",从而引发共鸣,沉浸在影片带来的情感体验中。

根据音乐在电影中的作用,电影音乐可以被细分为主题音乐、背景音乐、节奏气氛音乐等。主题音乐贯穿始终,是电影音乐中重要的一部分。例如,电影《音乐之声》中的主题曲《雪绒花》在影片中多次出现,推动着故事情节的发展,使影片的主题得到升华。因此,音乐修辞元素的功能是多样化的,除了抒发情感,烘托气氛,还有叙述的功能。

在电影《芳华》中,音乐成为叙事的一条暗线,串起了观众对时代的追忆。以中国的传统乐器配合西方的管弦乐,富有时代感的红色主旋律依次响起:《草原女民兵》《洗衣歌》《绣金匾》

---

① Michel Chion: *Film: A Sound Art*. New York: Columbia University Press, 2009, p112.

《浓情万缕》《送别》《英雄赞歌》《沂蒙颂》《驼铃》《绒花》。音乐贯穿了影片的始终，原声配乐有 36 分 55 秒，加上大量的富有时代特色的插曲，推动了故事情节的发展。

音响是最能增加电影真实感的元素。马尔丹总结音响对电影的作用时说道："音响增加了画面的逼真程度，画面的可信性（不仅是物质方面的，而且也是美学方面的）几乎是大幅度地增长……正是这一切使我们看到了现实世界不可割裂的实际表现。"[1] 也就是说，音响的最主要功能就是增加电影的真实性，使观众能够有身临其境的感觉，容易与电影融为一体。但是音响的真实性必须要配合电影的需要，《电影艺术词典》中对此进行了详细的说明：

> 声音真实感，是影片中的声音，与现实生活中客观存在的声音的相似程度。在影片制作过程中，录音师根据影片内容和对生活的认识，从生活中选择、提炼声音素材，进行艺术加工和处理，使之与画面有机结合，创造出富有真实性和感染力的声音。现实生活中人对周围环境中的声音的感受有很大的主观性，当人们注意某种声音时，则可能对其他声音充耳不闻；人们在不同心情时，对周围声音的感受也具有很大的主观色彩，一种心情听起来悦耳的声音，在另一种心情下就可能刺耳。因而，电影中声音的真实性是按照创作者的要求，根据场景、叙事、任务、情景等的需要而创作的艺术真实。[2]

音乐和音响结合在一起，与视觉影像统一，形成"声画合

---

[1] 马塞尔·马尔丹：《电影语言》，何振淦译，中国电影出版社，2006 年版，第 101 页。

[2] 许南明、富澜、崔君衍：《电影艺术词典》，中国电影出版社，2005 年版，第 392 页。

一"的场面。也就是说,声音和画面相互阐释,既可以弥补画面阐释的不确定性,又可以让声音成为解读的模式。值得一提的是,声画合一是所有电影的常态,而这种常态之外的声音和画面的分立和对立反而起到了重要的修辞效果。

声画分立,是指画面和声音在形式上相互独立,但在内容上声音和画面相互映衬,相互补充。声画分立可以扩展画面的空间容量,阐释画面的深层含义,强化情感的表达。例如,在电影《大红灯笼高高挂》中,画面显示的是女主人公颂莲,梳着两条黑油油的长辫子,一身学生装束,拎着东西在路上走着,伴随她的脚步的却是中国传统婚礼上演奏的音乐。颂莲一直往前走,直到走进陈家。这时,可以明白婚礼音乐声和画面的关系,这是颂莲嫁到陈家的日子。声音和画面明显不一致,但是声画的分立正是为了烘托出本该是喜庆气氛背后的哀凉,一个正值青春的姑娘嫁到这样一个封建家庭做姨太太,今后会是怎样的命运呢?

声画对立,是指电影画面与声音完全相反,成一种对立的姿态,两者既不是彼此的附属也不相互补充。两者在内容、节奏、情绪等各方面都呈现出一种对立的状态,比如声音喜庆而画面凄凉。声画的对立往往会收到暗示和讽刺的修辞效果。声画对立往往会形成新的表意。例如,在电影《寒夜》中,患严重肺病的文宣独自来到咖啡馆点了两杯咖啡,一杯给自己,一杯留给早已出走的妻子。文宣的心中充满了苦涩,但是响起的音乐却是19世纪德国作曲家舒曼的《梦幻曲》。《梦幻曲》舒缓甜蜜,与画面中凄凉痛苦的文宣形成强烈的对比。

无论是声画统一、声画分立还是声画对立,都是为了配合电影情节的需要而采用的方法,其目的是给观众提供更多的阐释空间。这是由于"文学电影"不同于商业电影,前者更加注重对深层内涵的挖掘。不得不提的是音乐和音响对于内涵的阐释起到了很好的作用,是"文学电影"中不可或缺的修辞元素,这是因为

"音乐音响形式又是人的内在生命情态外化的产物。在音乐实践活动中，如果脱离了人的内在生命情态的渗透和移置，那么音乐音响形式也就失去了其产生的前提和存在的社会价值。"①

（三）台词修辞

《现代汉语》中对修辞作了如下阐释：

> 我们用语言交流思想、传递信息，不仅要表达得准确无误、清楚明白，还应力求生动形象、妥帖鲜明、连贯得体，尽可能给人以深刻的印象和语言的美感。在表达内容和语言环境确定的前提下，如何积极调动语言因素和非语言因素，以加工后的最恰当的语言形式来获取最理想的表达效果，这种语言加工的实践活动就是修辞。②

这段话明确了修辞的目的和方式。之所以把台词纳入"文学电影"的研究范围，正是基于这种考虑。"文学电影"同时具有电影和文学的特点，电影中台词的表达是最直接最明显的体现。台词的文学化是"文学电影"特殊的修辞元素，是将它与其他电影区分开的重要标志，如上面的引文中所说"力求生动形象、妥帖鲜明、连贯得体，尽可能给人以深刻的印象和语言的美感"，"文学电影"的台词具备特有的文学色彩，不仅令人印象深刻，也带来听觉的美感，令人回味无穷。

这里所说的台词主要是指人物的台词、旁白或独白，但需要注意的是这里并不是从声音的角度，而是从可读的角度将这些台词置于语言文字文本的观照下，以此来探讨"文学电影"中台词的特点。与一般电影相比，"文学电影"拥有对人性的深度剖析、

---

① 黄汉化：《抽象与原型——音乐符号论》，上海音乐学院出版社，2004年版，第33页。
② 黄伯荣、廖序东：《现代汉语》，高等教育出版社，1997年版，第211页。

第三章 "文学电影"的修辞手法与价值意义

对人类生存境况的哲理思辨的能力。因此,"文学电影"的台词在表意和叙述的基础上,更注重语言的文学性色彩,更具有"文学化"的特点。与一般电影台词较浓的口语化色彩不同,"文学电影"更追求台词风格的诗意化和意境美。所谓诗意化风格是指"与客观纪实相对应的心灵风暴的揭示,是对于生命的哲学思考,是语言表达上的诗歌化,是声像系统的造型化"[①]。

《肖申克的救赎》改编自美国作家斯蒂芬·金的同名中篇小说,也是其代表作。《肖申克的救赎》收录于小说合集《四季奇谭》中,副标题为"春天的希望"。该作讲述银行家安迪被当作杀害妻子的凶手送上法庭。妻子的不忠、律师的奸诈、法官的误判、狱警的凶暴、典狱长的贪心与卑鄙,将正处在而立之年的安迪一下子从人生的巅峰推向了世间地狱。而狱中发生的一系列事情迫使忍无可忍的安迪终于在一个雷电交加的夜晚,越狱而出,重获自由。当翌日典狱长打开安迪的牢门时,发现他已不翼而飞,预感到末日来临的典狱长在检察人员收到安迪投寄的罪证之前,畏罪自杀。[②]

电影《肖申克的救赎》完美地再现了小说,甚至可以说比原小说还要略胜一筹,成为电影史上的精彩之作,电影中的一些台词也成为经典。之所以成为经典与台词的"文学化"是分不开的,无论是对白、旁白还是独白,都不拘泥于口语化的表达,而是拥有深刻的哲理性、隽永的诗意美。

剧中安迪刚进入监狱时,有段关于"希望"的对白。瑞德对安迪说道:"希望是危险的东西,是精神苦闷的根源。"然而安迪却告诉他:"记住,希望是好事——甚至也许是人间至善。而美

[①] 杨新敏:《电视剧叙事研究》,文化艺术出版社,2003年版,第269页。
[②] 参见章华:《我爱读好英文:那些温暖而美好的名篇》,湖北文艺出版社,2013年版,第330页。

好的事永不消失。"在安迪因为擅自播放唱片被关了两周禁闭，出来后在食堂对瑞德再次提到了"希望"："世上有些地方是石墙关不住的，在人的内心有他们管不到的东西——希望。"这几句台词简洁明了，生动地展示了人物内心对希望的追求和坚定的信念。正是因为这种执着的信念，安迪才能用二十年时间在监狱挖了一条通往外界的通道，而这正是瑞德认为绝对不可行的。观众也被安迪的信念所震撼，希望其实就在我们每个人的内心深处，相信自己，就会有力量获取希望。

安迪的出现改变了瑞德，使瑞德对人生有了新的认识。安迪关于"希望"的一番话也让瑞德认识到人生中还有"希望"，开始重新思考监狱中的人生。因此，在瑞德无数次假释被拒后，有了这样一番独白：

> 我没有一天不在后悔，但并非受了惩罚才后悔。我回首前尘往事，那个犯下重罪的小笨蛋。我想和他谈谈，我试图让他明白什么是对什么是错，但是我办不到，那个少年早就不见了，只剩下我这垂老之躯。

从这段独白可以明显地感受到瑞德的内心变化，对于对错他有了新的认知。瑞德开始反思自己的过往，重新认识这个世界。这段文字反映了瑞德此时的内心，一次次假释被拒，从年轻到年老，瑞德的大半辈子都在监狱里度过，他似乎也习惯了这样的生活，认为理所当然应该去适应这样的体制。然而安迪的出现让他不由得回首往事，反省自己的人生。"回忆"是生活中的关键词，我们回忆过去的美好，也回忆过去的坎坷。时间流逝，回忆却在心中。此时，五味杂陈的哪里只有瑞德，还有正在看电影的观众。为什么等到年老才来追悔？观众不由被带入电影中，陷入自己的回忆。瑞德的一番回忆就在这一刻撞击了观众的心灵，这就是台词的魅力，拉近与观众的距离，打动人心。

第三章 "文学电影"的修辞手法与价值意义

《肖申克的救赎》中还有很多这样的例子,并没有说教的意味,却能深入人心。台词不单单是电影中人物之间的交流,更是观众和电影之间的交流的渠道。这些经典的台词不光有优美的形式,最重要的是具有深刻的内涵,容易触及观众的内心深处,发人深思。例如:

> 强者救赎自己,圣人普度他人。
> 懦怯囚禁人的灵魂,希望可以让你自由。
> 生命可以归结为一种简单的选择:要么忙于生存,要么赶着去死。

这些台词以整句的形式书写,非常有节奏感和对称美,极具表现力,同时也凸显了这部电影的文学性。整句是文学语言常见的一种表达,因为"整句形式整齐,音节匀称,声音和谐,气势贯通,意义鲜明。这种句式在散文、诗歌、唱词中应用较广,适合于表达丰富的感情"[①]。

文学化的台词使《肖申克的救赎》有别于其他监狱题材的电影,多了份温情和思考,更多地显示出对人性、对社会、对人与人之间关系的拷问。这也正是电影的特色——具有文学那种对人性的深度剖析和对人类生存境况的哲理思辨。例如电影中的另一段经典台词:

> 每个人都是自己的上帝。如果你自己都放弃自己了,还有谁会救你?每个人都在忙,有的忙着生,有的忙着死。忙着追名逐利的你,忙着柴米油盐的你,停下来想一秒:你的大脑,是不是已经被体制化了?你的上帝在哪里?

与其说这是电影人物的台词,不如说这是电影与观众又一次心与心的交流。或许当我们遇到坎坷和不幸时,内心总是希望有

[①] 黄伯荣、廖序东:《现代汉语》,高等教育出版社,1997年版,第234页。

个可以拯救自己的人。但是到底谁是上帝？谁才是我们的救世主？《肖申克的救赎》给出了答案，我们就是自己的救世主。但前提是我们不能被驯服，而是要有独立的思想、健全的人格和思考的能力。如果我们被别人左右，就无法自救。只有自己坚信希望的存在，积极地面对，才能战胜困难。

台词带动观众与电影之间一次又一次的情感交流，这就是《肖申克的救赎》台词设计的高明之处。观众不再是被动地观看，而是积极地参与其中，"透过语言形式表达的字面意思，根据语境和各种相关知识，推导出话语的真正含义，解释话语的言外之意"①，形成自己的理解和阐释。

片中贯穿全剧的一句台词"有些鸟注定是不会被关在笼子里的，因为它们的每一片羽毛都闪耀着自由的光辉"，这是片中瑞德的独白，但是结合电影前后的语境，观众非常明白这里所说的"鸟"是个隐喻，暗指的是安迪，像安迪这样善于思考、拥有智慧的人不甘心、也不会永远被关在这个牢笼中，总有一天，他们将打破束缚，自由飞翔。这句话不仅是对安迪最好的诠释和赞美，也显示出一种积极、乐观、昂扬的人生态度。

瑞德的另一处独白也提到了飞翔的鸟儿：

> 到今天我还不知道那两个意大利娘们儿在唱些什么，其实，我也不想知道。有些东西还是留着不说为妙。我想她们该是在唱一些非常美妙动人的故事，美妙的难以用言语来表达，美妙得让你心痛。告诉你吧，这些声音直插云霄，飞得比任何一个人敢想的梦还要遥远。就像一些美丽的鸟儿扑扇着翅膀来到我们褐色的牢笼，让那些墙壁消失得无影无踪。就在那一刹那，鲨堡监狱的每一个人都感到了自由。

---

① 戴炜栋、何兆熊：《新编简明语用学教程》，上海外语教育出版社，2005年版，第36~37页。

当观众听到这些台词时，仿佛可以看到与命运抗争的鸟儿，仿佛可以感受到安迪内心的力量。这些由台词所传递的积极向上的价值观对观众影响颇深，这也是至今观众仍然把《肖申克的救赎》中的台词奉为经典的原因。当观众在欣赏台词时，也在接受影片传达的价值观，获得心灵的洗礼。其实这就是修辞强大的力量。研究修辞学的著名学者谭学纯指出："人们参与修辞活动的时候，同时也在建立着价值观、伦理观、生命观。这样一来，修辞话语既介入了人的现实生活，也介入了人的理想生活。"①

三、"文学电影"的基本修辞策略

对语言文字而言，一切可以使其取得表达效果的都可以视为语言的修辞策略。由于语言文字的语法规范，语言文字的修辞策略相对固定，有比喻、夸张、双关、排比、夸张、对偶等。和语言文字相比，电影语言以视听为主，视听语言的开放性决定了修辞策略的多样性和动态性。正因为如此，一部电影的修辞需要根据电影的主题而定，有技巧性地展开。修辞学家陈望道强调："修辞以适应题旨情境为第一义。"这就充分说明了修辞必须适应情境才能突出题旨，说明思想内容。在电影中更是如此，电影修辞是有技巧的，但这种技巧必须服务于电影的主题和思想，不能"为了技巧而技巧"。著名导演希区柯克对此做了专门的解释："我不会使情节去适应技巧，我是让技巧去适应情节。这一点很重要。一个独特的拍摄角度可能给摄影师——甚至导演——一种特殊的满足感。问题在于，它是不是富有戏剧性地叙述它要表现的那一部分故事的最好方法？如若不然，就应放弃。"② 电影的

---

① 谭学纯、朱玲:《广义修辞学》，安徽教育出版社，2008年版，第61页。
② 《希区柯克谈话录》，龚逸宵、宫竺峰译，《电影艺术译丛》1980年第4期，第141页。

修辞策略主要取决于镜头，常见的有长镜头、特写、递进、叠印、闪回等 12 种。下面以常见的四种为例分别进行说明：长镜头、蒙太奇、空镜头和特写。

（一）长镜头

镜头是摄影机每拍一次所摄取的一段连续性画面，也就是说镜头是个实践性概念，所以可以简单地说，长镜头就是在拍摄过程中花费了大量时间的镜头。一般而言，时长值超过 30 秒的镜头画面都可以算是长镜头，单个镜头的长度甚至可以达到 10 分钟左右。这就意味着长镜头是一个自然流畅的段落，保持了时间的连续性和空间的完整性，而不是一个个镜头的剪辑组合。

提到长镜头，就不得不提巴赞，巴赞认为长镜头有三大优点："保持时空的完整性和可信性，保留生活内涵的暧昧性和丰富性，饱享多角度看动作的'眼福'。"[1] 这里所说的"暧昧性和丰富性"正是文学性的多元阐释存在的前提。无独有偶，《电影艺术词典》中的"长镜头的美学"词条对长镜头文学性展示的功能进行了全面的说明：

> 长镜头与景深镜头的运用可以避免严格限制观众的感知过程，注重通过事物的常态和完整动作揭示动机，保持事件的真实感、透明性和多义性，尊重事件的时间流程和空间完整性，注重事物的全貌和事物之间的联系，注重连续拍摄时摄影机运动和演员表演的场面调度，体现现代电影摒弃严格因果逻辑和戏剧省略手法的叙事原则，追求自然的联想和隐喻效果。[2]

---

[1] 桂青山：《影视学科资料汇评·影视基础理论编写》，北京师范大学出版社，2011 年版，第 22 页。

[2] 许南明、富澜、崔君衍：《电影艺术词典》，中国电影出版社，2005 年版，第 35~36 页。

第三章 "文学电影"的修辞手法与价值意义

长镜头可以再现生活,并且保持"多义性",追求"自然联想和隐喻效果"。这样观众也能参与其中,细细品味其中的奥妙。由于长镜头会打乱叙事,商业片为追求高票房,较少使用长镜头,而是通过其他方式使观众获得直接的感官刺激。但是对"文学电影"而言,长镜头作为修辞策略,会让电影显得更加"诗意化"。李显杰认为"'辞格'意义上的'长镜头'则使'常态'的长镜头表现涂抹上了一层流动的'诗意情怀',或是强加上一种刻意性关注,进而迫使观众产生疑问和猜想。因而可以说,一个长镜头是否作为'辞格'运用,主要就看它是否达到了一种'流动的诗意'或'刻意的问询'的效果。反过来,'诗意和问询'则成为'长镜'辞格的主要修辞功能"[①]。

长镜头通常可以被分为固定长镜头、运动长镜头和综合长镜头。固定长镜头,顾名思义,是用固定的镜头拍摄,也就是说拍摄时摄影机的机位、广角和焦距不会发生变化;与之相反,运动长镜头是用运动的方式拍摄而来的长镜头。综合长镜头就是前两者兼而有之。

电影《赎罪》于2007年上映,该片改编自伊恩·麦克尤恩的同名小说。这部小说曾获得普利策文学奖,讲述了一场由误会引发的爱情悲剧。该电影上映后,受到一致好评,获得当年奥斯卡奖的七项提名。电影并未仅仅停留在爱情的层面,而是深刻地刻画了人性里的复杂情感,讨论了谎言、忏悔、救赎,更重要的是以第二次世界大战为背景,两个相爱的人最终相继丧生在残酷的战争中,一切美好在战争的烈火中消失殆尽,电影通过对爱情悲剧的描述,在更深层次上是想反省战争的残酷。而体现这个深意的正是一个长达5分钟的长镜头。这个长镜头展现了英法联军

[①] 李显杰:《电影修辞学:镜像与话语》,文化艺术出版社,2005年版,第87页。

著名的敦刻尔克大撤退的场景，30万英军滞留敦刻尔克海滩。电影从第65分18秒开始，镜头跟随男主角Robbie展开，男主角紧跟海滩一军官身后。两人一边对话一边往前走，镜头也一直跟随运动。

  Robbie：我们刚到，长官，能不能告诉我们应该做什么？

  长官：没有任务，在原地等着。船在哪里？

  长官：昨天造好的几艘船被德国空军毁了。

  长官：兰卡斯特里亚号的沉没了，我们死了3000人。

  长官：最高指挥部以他们无穷的智慧，拒绝给我们提供任何空中掩护。

  长官：真是奇耻大辱，惨绝人寰的灾难。

  Robbie：不，我的意思是……我希望能快点回去。

  长官：这里有超过30万人都在等，士兵，你得去排队。

  长官：幸好你没受伤，我已经接到命令说伤员排到最后。

  （Robbie非常生气，两个战友拉住了他）

  战友：不，别这样，兄弟！别信他的鬼话，不值得的。

  （三人继续往前行，Robbie失望地环顾四周，镜头随之展现了Robbie所看到、所听到的）

  Robbie看到四周一片狼藉，听到周围一片嘈杂的声音。第66分16秒时，响起了枪声，这是射杀战马的声音。其中一个黑人战友对此难以置信，驻足停下。Robbie在伤感的音乐声中继续往前走，有人在破败不堪的船上爬上桅杆，绝望地喊着："我们要回家了"；还有一些人把书撕了扔进火里；也有人玩着鞍马，仿佛回到了以前训练的时候；沙滩上一对母女依偎在一起，脸上写满痛苦和不安；还有士兵坐在车旁，茫然地搓着一张手帕；一

第三章 "文学电影"的修辞手法与价值意义

个士兵裸着上身躺在沙滩上,他旁边有两个人扭打着滚落下来。镜头继续前行,一群正在唱歌的士兵,镜头扫过士兵们的脸。远处一个旋转的摩天轮,摩天轮的背后是弥漫的硝烟。Robbie 重新出现在镜头里,脸色苍白,眼里写满了绝望。回头一看,一群士兵在废弃的旋转木马上玩乐。一群骑马的士兵闯入镜头,又消失在镜头之外。最后,Robbie 三人来到酒馆,一排士兵站在酒馆门前,呆呆地望着远方,镜头从他们身后划过,借助他们的视角,整个海滩尽收眼底,到此,长镜头结束(如图 3-5 所示)。

图 3-5 《赎罪》电影截图

这个长镜头一气呵成,自然地展现出 30 万人在海滩等待救命船只的到来。长镜头的使用展示出极强的视觉张力,没有枪林弹雨,没有血流成河,只是缓缓地描绘出一幅战乱时代的悲惨画卷。战争带来的创伤和绝望全都一览无遗地展现在这个镜头里,深深地震撼着观众。因此,这部电影将爱情放在这样的时代背景下,并不是只是讨论爱情悲剧。在爱情悲剧的背后隐藏更深的是时代的悲剧,战争残酷无情,付出的代价是惨痛的,这就是这个长镜头的意义所在,留给观众更多的思考空间。同时,整个长镜头全是 Robbie 的所见所闻,他的心理状态也随着眼前所看的景物而发生了改变。归家心切却又无法回去的 Robbie 看到的是满目疮痍的景象，希望已随海风飘远，末日的绝望感让 Robbie 无法振作。此时，观众从长镜头的叙述中深深地体会到 Robbie 内心的绝望。

《赎罪》中的长镜头是非常经典的，当然，在很多"文学电影"中都可以找到这样的长镜头。可以说，长镜头修辞的使用具有强大的表现力和吸引力，"保留了现实本身的完整意义，能够展示现实的深层结构，呈现出事件存在的内在关系"①，对深层结构的揭示正是对"文学电影"的进一步解读，体现出"文学电影"的"文学化"，而观众也因此被吸引，与电影中的人物、情节进行更深的交流，并积极反思影片的主题。

（二）蒙太奇

蒙太奇是法语"montage"的音译，最开始指的是装配、构成，后来被用于电影之中。蒙太奇和前面说到的长镜头相对，长镜头是一气呵成，而蒙太奇需要把多个镜头剪辑组合成为一个有机的整体。巴赞认为："蒙太奇标志着电影作为艺术的诞生，因为，它把电影与简单的活动照片真正地区分开来，使其终于成为一种语言。"②

那么什么是蒙太奇呢？学界并未形成统一的定义。我国进步电影的先驱夏衍认为："所谓蒙太奇就是依照情节的发展和观众的注意力和关心的程序，把一个个镜头合乎逻辑地、有节奏地连接起来，使观众得到一个明确的印象和感觉，从而使他们正确地了解一件事情的发展的一种技法。"③ 巴拉兹从技术的层面解释

---

① 刘宏球：《电影学》，浙江大学出版社，2006年版，第143页。
② 安德烈·巴赞：《电影是什么》，崔君衍译，北京：中国电影出版社，1987年版，第65页。
③ 夏衍：《写电影剧本的几个问题》，北京：中国电影出版社，1961年版，第55页。

第三章 "文学电影"的修辞手法与价值意义

道:"剪辑者按照预定的顺序把许多镜头连接起来,结果就使这些画格通过顺序本身而产生某种预期的效果,这正好比装配工人把一部机器的各个零件装配到一起以后,就使那些互无关联的零件构成了一部可以产生动力和进行操作的机器。"① 尽管两者的定义各不相同,但是可以明确的是蒙太奇是连接电影语言的一种手段,即蒙太奇可以将不同的镜头画面组合起来,也可以是不同构成元素和段落的组合,共同构成一部完整的电影作品。因此,蒙太奇不单单是一种技术手段,更重要的是一种修辞策略。作为技术手段的蒙太奇具有剪切组合的功能,而作为修辞策略的蒙太奇最重要的功能之一就是产生言外之意,激发观众的想象和思考。因此,这里可以简单地将修辞的蒙太奇定义为:蒙太奇是电影的一种修辞策略,通过对电影语言元素的剪辑组合使之形成新的或更丰富的意义,从而对观众产生视觉和心理的双重冲击,更好地展现电影主题思想。

米特里将蒙太奇分为三类,认为蒙太奇可以有效地传达思想和抒发感情,他指出:"蒙太奇归结为叙事的、抒情的和理性的(象征的、对比的、隐喻的)三大类,而在这三者之间,并无不可逾越的鸿沟。往往是在叙述的同时,也抒发了感情,或者传达了作者的思想。"② 这里姑且不论蒙太奇的分类问题,由于学界没有统一的分类标准,蒙太奇的划分标准不一,形成多种分类,在米特里划分的基础上还可以继续被细分为连续蒙太奇、交叉蒙太奇、重复蒙太奇、平行蒙太奇、对比蒙太奇、隐喻蒙太奇、思维蒙太奇等。既然蒙太奇是一种修辞策略,需要关注的是蒙太奇的修辞效果,也就是米特里所说的"叙述、抒情、传达思想"。

---

① 贝拉·巴拉兹:《电影美学》,何力译,中国电影出版社,1978年版,第103页。
② 让·米特里:《电影美学与心理学》,北京:江苏文艺出版社,2012年版,第233页。

陈凯歌导演的《霸王别姬》在国际电影节上斩获了多个大奖，也是中国首次获得被全世界认可的最高影展奖的电影，成为中国电影史中雅俗共赏的经典作品。整部影片对蒙太奇手法的运用堪称典范，深刻地揭示了主题，让人细细品味。《霸王别姬》讲述了从北洋军阀统治时期一直到"文化大革命"结束的半个多世纪的人世变迁。这么长的时代背景通过连续蒙太奇的方式展现在观众面前，即根据时间顺序将不同的时代背景连接起来，加以字幕使之自然过渡。对连续性的时间的把握可以使观众更能体会时代变化对两位主人公人生的重要影响，这是蒙太奇修辞的叙述功能。

在《霸王别姬》中的另一处片段——段小楼与菊仙结婚——也使用了蒙太奇。这个片段中，两个画面同时进行：一个是段小楼与菊仙的婚礼现场，一个是程蝶衣给袁四爷勾脸的场景。两个平行画面形成鲜明的对比，有力地传达了程蝶衣此时内心的痛苦。段小楼这边是喜庆热闹的婚礼，喜悦之情溢于言表；而另一边是勾脸对饮，朦胧冷清。一动一静，一喜一悲；一边心驰神往，一边貌合神离，没有过多的语言，却将程蝶衣内心的落寞和痛苦的挣扎之情传递给每个观众。最后当程蝶衣拿着曾经许诺会为段小楼拿到的宝剑出现在新房时，两个画面合二为一，将剧情引向高潮，这是蒙太奇对人物内心情感刻画的功能。

在舞台上，段小楼一直是大义凛然的霸王形象。然而，在生活中段小楼却毫无霸王气度。在"文化大革命"期间，段小楼出卖了程蝶衣，后来又背叛了菊仙。对比蒙太奇的使用，不仅展现了段小楼的无情无义，更多的是批判了当时的社会环境造成人性扭曲，深化了电影主题，这是蒙太奇传达主题思想的修辞效果。

需要注意的是，作为修辞手段的蒙太奇并不意味着电影语言元素的简单拼贴。爱森斯坦对此专门强调：

> 两个蒙太奇镜头的对列不是二数之和，而更像二数之积——这一事实，以前是正确的，今天看来仍然是正确

第三章 "文学电影"的修辞手法与价值意义

的。它之所以更像二数之积而不是二数之和，就在于对排列的结果在质上（如果愿意用数学术语，那就是在"次元"上）永远有别于各个单独的组成因素。我们再举一个例子。妇人———这是一个画面，妇人身上的丧服———这也是一个画面；这两个画面都是可以用实物表现出来的。而由这两个画面的对列所产生的"寡妇"，则已经不是用实物所能表现出来的东西了，而是一种新的表象，新的概念，新的形象。[①]

爱森斯坦是想告诉我们不能简单地理解蒙太奇，蒙太奇的使用必然是对应了某个主题，传达某个特定的信息。同《霸王别姬》类似，《阿甘正传》中也涉及时间的延展性，影片涉及美国几十年中社会政治的重要事件，因此这部电影也非常注重蒙太奇的使用。

影片的开始部分首先使用了运动长镜头，镜头中是一片羽毛在空中起伏飘荡直到最终落在了主人公阿甘的脚下。之后便展开了关联蒙太奇，阿甘身边的听众是等候公交车的乘客，随着公交车的到来和离去，阿甘身边的听众也换了一拨又一拨。一辆接一辆公交车的到站是重复蒙太奇的使用，为了加强影片的主旨。当阿甘站起身来第一次奔跑时，平行蒙太奇起到了很好的修辞效果。画面中，阿甘从不同的方向奔跑着，跑过了田野、小桥、公路、街道……自然景色、音乐、动感的奔跑，呈现出一副诗意画卷，具有极强的电影美感。在蒙太奇构建的这个特殊的时空体中，阿甘开始人生的奔跑，在奔跑中阿甘不仅经历了自己的成长，也见证了一个国家、民族、社会几十年的动荡历程和政治文化的变迁，影片的主旨也不言而喻，彰显出蒙太奇独有的艺术魅力。总体说来，蒙太奇是"文学电影"中重要的修辞策略，是实

[①] C. M. 爱森斯坦：《蒙太奇论》，富澜译，中国电影出版社，2006年版，第36页。

现电影"文学性"的重要手段。

(三) 空镜头

何谓空镜头?"空镜头,又叫景物镜头,即画面中没有人物的镜头。由于电影特写所规定,它在提供银幕视觉形象信息上,有重要作用。它与有演员(包括人和动物)的镜头可以互补而不能代替,是导演阐明思想内容、叙述故事情节、抒发感情意境的重要手段之一,它在银幕时空的转换和调节影片节奏等方面也有独特作用。"[①] 因此,空镜头实则不空,只是没有人物,但却有景有物,景和物的画面与人物事件相关联。

空镜头具有特殊的表现功能和艺术价值,犹如中国传统艺术的"留白"。中国传统的绘画中会有意留下相应的空白,意境深远,让人回味无穷。留白是艺术性与审美性的有机结合,西方文学理论也有类似的观点,如海明威提出的冰山理论:冰山在海里移动很是庄严宏伟,这是因为它只有八分之一露在水面上。海明威用冰山比喻写作,强调作家的创作是露出水面的八分之一,而作者要表达的情感隐没在水中。空镜头作为修辞格,充分体现了"文学电影"的"文学性":借景抒情,情景交融,言有尽而意无穷。我国电影大师郑君里谈及空镜头的作用时说道:"空镜头在影片中的作用,显然绝不止于说明人物在什么环境活动,那仅是空镜头最基本、最原始的用法。景最好和人结合起来,写景是为了写人。影片中的景物是一定的人眼中的景物,这不单指所谓主观镜头,而是说景物如果和人的心情相呼应,它给予观众的感受跟人物的动作、遭遇给予观众的感受就可能相辅相成,融为一体。这样的空镜头才是有生命的。"[②]

[①] 许南明、富澜、崔君衍:《电影艺术词典》,中国电影出版社,1986年版,第211页。

[②] 刘书亮:《中国电影意境论》,中国传媒大学出版社,2008年版,第157页。

第三章 "文学电影"的修辞手法与价值意义

电影《城南旧事》改编自台湾作家林海音的代表作。原小说如同散文一般，语言柔美典雅。为尽量还原小说中的情感基调，电影《城南旧事》沿袭原小说的叙事手法和抒情手法，用了大量朦胧的镜头语言，并不直接呈现人物，而是将镜头对准景和物，体现导演对情境的刻画。《城南旧事》被认为是散文式电影范本，在很大程度上归结于空镜头修辞的使用。整部电影讲述了主人公英子从6岁到13岁的成长故事，以三段式展开，分别对应原来小说中的《惠安馆》《驴打滚》《爸爸的花儿落了》。在片头和每段故事的开端都使用了空镜头。

片头的空镜头营造出怀旧的意境，描绘出北京城南过去的景象：枯黄的野草、空中的乌鸦、古城墙、远处缓缓走来的驼群。没有刻意地渲染，质朴地还原了20世纪二三十年代的老北京风貌，把观众一下子拉进了过去的回忆，形成强烈的真实感，奠定了影片意境表达的基础。

在秀贞讲述她与思康的第一次见面时，电影并没有直接呈现彼时的人物情节，而是将镜头转向空无一人的院子，跨院的圆门，屋子的窗户……没有过多的渲染，却展现出"一切景语皆情语"，这些景物写满了秀贞对思康的思念之情。空镜头修辞的运用流露出淡淡的忧伤，契合影片的整体氛围和人物的情感。

在秀贞带着妞妞出走这个场景中，有一个近一分钟的空镜头。四周一片漆黑，四合院里没有人声和灯光，唯一能听到的就是雨滴落下的声音。滴答滴答仿佛敲打在每个人的心上。屋内，一个小包袱静静地躺在地上，若明若暗的烛光，让屋子更加幽暗。就是在这样一个风雨之夜，秀贞和妞妞离开了。这样的情和景的融合，让人压抑难受，一种隐隐不安的情绪从画面中弥散开来。看到这里，观众不由得开始为她们的命运紧张起来。

除了上述列出的几个，这部影片中还有很多空镜头。一个个空镜头形成电影的"留白"，非常具有东方古典韵味，宛如一幅中国山水画，无须过多着墨，已然意境悠远、清丽婉约。淡淡的忧伤和惆怅是全片的基调，影片包含的复杂的情绪以自然流畅的方式表现出来，就像一篇淡雅含蓄的散文。

（四）特写

特写镜头简称特写，具有强烈的视觉感受。特写是电影当中用得较多的修辞策略，通过对人物的面部、身体局部或者景物的放大描写，可以直观地传达人物的内心，或者带来生活中不常见的特殊的视觉感受。例如，在《阿甘正传》中，阿甘第一次奔跑时用了近景对阿甘的脸部进行了特写。这是第一次，阿甘脸上露出了微笑，这是自信的微笑，伴着此时影片中的音响，给人一种振奋的感觉。"当影片中的'特写'镜头一种特定的目光聚焦于和注目于人或物的细部而刻意加以审视时，'特写'实际上是作为一种修辞格而发挥作用的，从而具有了特定的修辞功能。"[①]在电影《我的父亲母亲》中，为表现年轻时候的父亲母亲形象，用了特写镜头对人物面部进行特写。这里的特写并不仅仅是为了呈现青春的脸庞，更重要的是作为修辞，展现出青春的美好。男女主人公之间对彼此的倾慕之情通过特写展示了出来，使电影带上浪漫的色彩。

在电影《霸王别姬》中，对程蝶衣进行了多次脸部特写。当他还是一个小孩时，就被母亲艳红抱到戏班，央求班主关爷收下孩子。关爷摘掉小豆子的帽子，一张长相秀美的脸出现在特写镜头中，为以后小豆子的性别身份转移埋下伏笔。当关爷让小豆子把手伸出来时，一个特写镜头描述了小豆子的六指，不由让人对小豆子产生了一丝怜惜之情。关爷看到六指，直接拒绝了艳红的请求。镜头又转向小豆子，对其头上的红头绳进行了特写。一般

[①] 李显杰：《电影修辞学——镜像与话语》，北京：文化艺术出版社，2005年版，第95页。

第三章 "文学电影"的修辞手法与价值意义

来说，小男孩是不会用红头绳的，这个特写显然是有深意的。到底是想强调什么呢，这不禁会引发观众的联想。之后另一个特写镜头切入，小豆子在黑暗之中，显得有些彷徨无助，暗示了以后小豆子的命运。

当小豆子长成了程蝶衣，对师兄段小楼有了别样的情愫。不管师兄如何，这份感情他一直没有变过，正如电影中反复提到的"从一而终"，程蝶衣做到了。霸王不是真霸王，虞姬却是真虞姬。程蝶衣一次次失望，那份情愫只能放在心底，但眼底却是掩不尽的落寞、绝望和悲伤。影片对程蝶衣的脸部进行了再一次的特写，脸上厚厚的油彩也未能掩饰内心的悲凉（如图 3-5 所示）。反复多次的特写揭示了人物的心理，让观众仿佛感同身受。

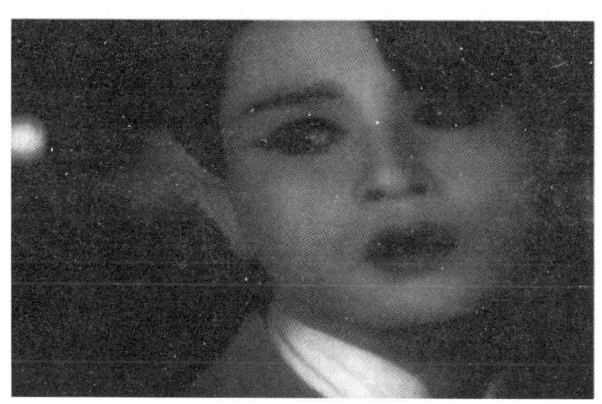

图 3-5　《霸王别姬》中的特写镜头（1）[①]

情感的压力、"文化大革命"的迫害，程蝶衣的命运早已千疮百孔。当他和段小楼再次来到舞台，镜头对剑进行了特写。幽暗的四周，唯有那把出鞘的剑闪着刺眼的光（如图 3-6 所示）。对剑的特写隐喻了程蝶衣的悲剧结尾，他拔剑自刎。程蝶衣倒在了舞台上，结束了生命。留给观众的不仅是叹息，还有对人性的思考，对人生存状态的思考。巴拉兹认为"一连串的特写可以使我们看到一个整体变成各个个体的那一刹那间。特写镜头不仅扩大了而且加深了我们对生活的观察。在无声片时代，电影不仅揭示了新的事物，而且给我们表现了旧事物的含义"[1]，其实不管是在无声片时代还是有声片时代，特写都是必不可少的修辞手段，透过表层的镜头语言，让观众尽可能地挖掘深层内涵。

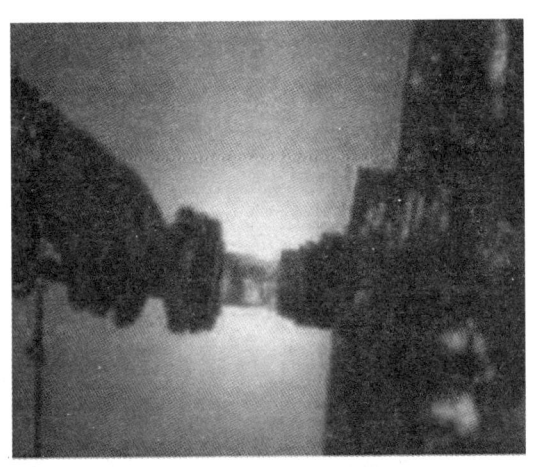

图 3-6 《霸王别姬》中的特写镜头（2）[2]

这部影片中，还有一个经典的特写镜头就是对程蝶衣母亲艳红的特写。四周都是暗色，唯一的亮色就是艳红头上装饰用的花。人物脸部也只有一半从外面进来的自然光线。这样的特写刻画了艳红这个人物形象，她生活在当时社会的最底层，生活逼迫她不得不送走自己的孩子。一束冷光打在两人身上，暗示了两人悲剧般的命运。"特写的技巧就这样简化了电影情节，并使其中最细小的细节也获得了深度和戏剧生命，它不借助于任何外部事

---

[1] 贝拉·巴拉兹：《电影美学》，何力译，中国电影出版社，1982年版，第44页。

件,就使一个简单的情境或环境充满了戏剧性的紧张。"①

图3—7 《霸王别姬》中的特写镜头(3)③

四、修辞学视野下文学性与电影性的互动交融

法国符号学家、女性主义批评学家朱丽娅·克里斯蒂娃1960年首次提出"互文性"概念(又称为"文本间性"),在她看来,任何一篇文本的写成都如同一副语录彩图的拼成,任何一篇文本都吸收转换了别的文本。也就是说,每一个文本都是其他文本的镜子,每一个文本都是对其他文本的吸收与转换,文本之间相互参照,彼此渗透,形成一个开放性的网状结构,以此构成文本过去、现在、未来的巨大开放体系,构成让欣赏者接受的复杂的互动过程。② 文学作品中的叙事方法,例如倒叙、正叙、非线性叙事、第一人称叙事、第三人称叙事、游离性等,都在电影

---

① 贝拉·巴拉兹:《电影美学》,何力译,中国电影出版社,1982年版,第78页。
② 参见中国电影博物馆:《受众需求与当下中国电影叙事能力——中国电影博物馆2010学术年会论文集》,北京出版社,2011年版,第227页。

中有所体现。在克里斯蒂娃提出的互文性基础上,乔纳森·卡勒进一步指出:"互文性与其说是一部作品与特定的前文本的关系,不如说是一部作品在一种文化的话语空间之中的参与,一个文本与各种语言或一种文化的表意实践之间的关系,以及这个文本与它表达出那种文化的种种可能性的那些文本之间的关系……"[1]

作为表意方式的载体,文学和电影都具有叙事和抒情两大因素,也是"文学电影"中文学性与电影性互通的重要手段。所谓叙事,是指话语(特定的艺术手段)虚构社会生活事件过程的行为。小说的叙事通过语言进行,电影的叙事则通过镜头和画面进行。

(一) 叙事修辞

首先必须强调,电影的许多修辞特性与文学修辞是截然不同的。电影传播叙述的手段主要是视觉,但除去视觉之外,还有画外音、字幕、旁白等叙述渠道,这些灵活多变、形式多样的交流通道共同组成了更高等级的控制体,它们统称"电影叙述者"。电影创造者通过这种综合叙述者引导观众的注意力和感知力,从而为电影创造意义。这种功能类似于文学中的第三人称叙述。不同之处在于,文学中的第三人称叙述多为"人",而电影叙述者则更为复杂、变量更多,多数时候为技术的变形产物和镜头的机械创造。再比如,文学叙述中对于故事空间和话语空间,以及对叙事距离中的时间距离、空间距离、态度距离等的处理,由于两者的叙事载体、传播机制、媒介特性等存在差别,许多都是无法借鉴通用的。

另外,不管在媒介上有多大差异,我们仍要肯定,文学的诸多叙事理论要素对于电影叙事有着十分深远的影响。在技巧美学

---

[1] Culler Jonathan: *The Pursuit of Signs*. Cornell University Press, 1981, p. 103-104.

方面，许多电影借助了文学中虚实结合、夹叙夹议、倒叙等写作手法，放弃了程序化的起承转合的戏剧手法。文学中"频率"是叙事虚构作品中故事事件和叙述中关于时间的一个重要概念。"频率"大致分为单一叙述、重复叙述、概括叙述三种情况。单一叙述指发生的事件和被讲述的次数相同，这是最常见的叙述模式。重复叙述是现代文学中一种重要的叙述方法，指发生一次的事件被反复讲述，对相同事件采取不同角度、不同语境下的讲述。概括叙述指反复发生的事件只被讲述一次，将多次重复的特殊事件集中一次叙述，将单一事件赋予了概括意义。其中"重复"这一重要的时间概念，在电影中就十分适用。正如散文或小说中某一事物被反复强调，它所占据的篇幅表明了它的含义和重要性，电影中的重复一样会吸引更多的注意力。重复是帮助赋予电影媒介叙事维度的一个因素，进程跟时间和动作的发展相关联，它把已知的因素（即已出现过并因此而被重复的因素）和新因素的引入结合起来。在这一层次上，电影中的重复可以通过和文字小说相对照的方式运行。[①] 例如，电影《归来》中冯宛瑜在车站等待陆焉识的情节被反复表现，每次都在相同的人物、相同的场景之下加入新鲜元素，一步步将情绪进行烘托渲染，最终将情节推向高潮。《公民凯恩》中将玫瑰花蕾作为重要线索，贯穿了凯恩的一生，从凯恩念着玫瑰花蕾去世开始，给观众留下悬念，从而闪回呈现凯恩的一生。这种重复扩展了影片叙事的深度和广度，无形中为故事情节加入了许多艺术气息。

（二）抒情修辞

电影需要做到打动人心，摆脱"杂耍"的名头，就必须要做到抒情，而在抒情方面的修辞方法有很多都来源于文学艺术。诚

[①] 参见雅各布·卢特：《小说与电影中的叙事》，徐强译，北京大学出版社，2011年版，第68页。

然，电影有许多自身的语法、镜头有自身的语言，但是在对抒情写意的探索上，导演都或多或少受到了文学抒情思维的影响。黄式宪先生在评价《阿凡达》时就说："这部电影本身带有一种杂耍性的意义。从杂耍到艺术要经过一个阶段，就是审美。可是我们现在很多作品回到了靠近杂耍那样的艺术。杂耍一下子浮泛起来，真正的人文内涵就不够。在杂耍和艺术之间，我们还有没有一个审美的追求，有没有人文情怀的坚守？这需要我们思考。"①

"文学电影"的抒情修辞借鉴了文学中抒情表意的许多重要方法，其中有两种手法尤其常见：寓言和疏离。

寓言是文学中最古老悠久的一种形式，是人类在理解、建构世界观、价值观之时借助他物、他事进行表情达意、交流思想时常用的文体。《圣经》中有许多寓言故事，在《马可福音》第四章中，耶稣借助寓言故事对寓言本身做出了生动的意义阐释。耶稣在海边传道，信徒众多。由于听道者越来越多，耶稣只好上船漂在岸边继续传道。期间，耶稣对众人说，有人散播种子，洒在大马路上，鸟儿飞过便吃掉了种子；洒在浅浅的石滩上，虽然种子发芽了，可是扎不住根，也无法长大；洒在杂草灌木中，荆棘占据了种子生长的空间，种子生长得也不健壮；唯有播种在肥沃的土壤里，才能茁壮成长。众人散去后，他的十二信徒问耶稣这个寓言的意思。耶稣说："这还不够明显么？散播种子相当于传播教义。我将教义传播给普通看热闹的百姓，撒旦立刻就会将道义夺走；若是讲给略感兴趣的人听，虽然他们当时有所共鸣，却不能坚守道义，仍旧无法将真理扎根心中；传播道义给心中杂念太多的人，虽然他们有心学习，但却没有足够宁静平和的心灵来接受传教，所以也无法坚持。只有传道给内心善良，真切热爱真

---

① 边静：《电影〈阿凡达〉启示与思考座谈会发言摘要》，《当代电影》2010年第2期，第52~56页。

第三章 "文学电影"的修辞手法与价值意义

理的人们,道义才能扎根灵魂,开花结果。"众人恍然大悟。耶稣接着说:"真理的奥秘,只能让懂得的人触碰到。要是对外人说,就要处处用比喻。让没有智慧的人虽然听见却听不懂,让没有诚心的人虽然看见却不明白。"

这则寓言看似简单,但是在叙事和内涵上都颇为复杂。真理的奥秘,必须通过寓言的形式讲述出来,只让有智慧的人听懂,只让心诚的人明白。这恰巧说明了寓言在艺术中的作用功效和发生机制。无论是在文学还是电影中,寓言试图将作者想要传达的内涵主旨隐藏在故事情节中,激发受众思考,在观看的同时感受和思索表象背后的种种奥秘。借助寓言这种文学体裁的"文学电影"一般都具有较为深刻的内涵,不拘泥于直白的单线条叙事。

历史上有许多经典的寓言式的"文学电影",也有许多导演偏好创作这类电影,日本著名导演黑泽明就是代表人物之一。他的《罗生门》《七武士》《梦》等影片都蕴含着深刻的关于人性的批判。《梦》分为八个段落,分别为八个梦境,在第一个梦境"太阳雨"中,小男孩在雾气弥漫的森林中听到了隐隐传来的迎亲的音乐,仔细一看迎亲的队伍不是人而是狐狸。小男孩充满了好奇,就躲在大树后面偷窥,以为狐狸不会看到自己。然而狐狸发现了他,并且对于他的窥探十分不满,眼神中充满了愤怒和憎恶。意识到闯祸的小男孩惊慌失措,拔腿就跑。他想起来就在此前,母亲刚刚教导过自己:"非礼勿视。"仓皇逃回家的孩子没有想到,狐狸已经来到家里,并且给了他的母亲一把刀子,告知他的母亲,小男孩必须"决死地谢罪",除非亲自去找到狐狸,获得它的原谅,不然就永远不能再回家。小男孩独自走向了彩虹的深处,那里幽静空灵,满山的鲜花竞相开放。直到段落结尾,影片也没有表明小男孩究竟有没有找到狐狸,有没有取得后者的谅解。留给观众的只有迷蒙的细雨中静谧诡异的森林深处那个孤单的背影。这个片段显然不符合商业电影的风格,它没有明朗的故事主线，没有戏剧化的冲突设置，甚至不能称作一个故事。但是，观看过后，影片中创作者对人与自然，或是对神秘的未知该怀有的距离感和敬畏之意却深深嵌入了观众的脑海中，发人深思。人对于"不该看"的事物的窥探是莽撞的、不自觉的，人对于大自然所谓的敬畏也多是虚伪并且自私的。多数人的承诺是出于畏惧而并不是敬重，人类的所谓自由实际上凌驾于万物之上。只有在生命受到威胁之时，才会被迫去修正。

寓言式的"文学电影"总是将宏大的精神内涵高度凝缩，隐藏在一个浅显直白的故事中，这种叙事方式使得影片回味无穷，耐人咀嚼。

疏离式的修辞手法，最初同样来自于文学。例如普鲁斯特的《追忆似水年华》运用了大篇幅的文字描写细微的环境和叙述者的心理活动，这些段落实际上并不包含主要情节，也不构成冲突。简言之，即使去掉这些段落，仍然不影响主线故事的发展脉络。但有了这些疏离于文本叙事主体的描写，读者在心理认知和情感理解上才有了更多共鸣体验。电影中的疏离情节，具有抽象和虚拟的性质，这些情节不仅疏离于叙事主体，也疏离于现实。疏离情节并不直接归属于故事主线层面，但却服务于主题意义。疏离式的文本构成，多采用一种全剧象征手法，而不仅仅是局部性和短句式的隐喻，情节组合已被赋予新的主题所需要的任务体系，因而产生属性异化，使具体的画面物象改变它的原来功能，甚至丧失某些自身性质，而形成一种超越现实的抽象意义，将审美主体推向理性思考的更大空间。① 电影中的疏离情节，在具象上来看是与主线故事情节疏远甚至是无关的，但它们在内部含义上却是与文本主题、精神内核互相呼应，高度融合统一的。每个

---

① 参见厉震林：《中国电影和电视的修辞学分析》，中国戏剧出版社，2004年版，第134页。

第三章 "文学电影"的修辞手法与价值意义

疏离情节,看似无用,实则各有深意,承载不同的信息。

例如,电影《黄土地》中,翠巧受到革命信念的启发,决心摆脱封建婚姻,勇于追求自我,这个主题只是整部影片的一个切入点,结婚、腰鼓、祈雨这三个疏离于叙事主题的情节,在内容上不承载叙述故事的功能,导演在场面安排和镜头书写上也刻意突出了这三个桥段的画面震撼力和仪式感,尽可能将场面与现实的距离拉远。通过疏离情节的植入,影片对故事的内涵进行了深入渲染,表现了黄土地上世代农民的生存境况,也反映了广袤无垠的黄土地上孤立无援的一点革命火种,在面对中国几千年的封建思想之时的无力感和悲剧性。从某种意义上来说,这三段疏离情节,才是点明影片主旨的核心之处。

再如,顾长卫的《孔雀》中,二姐厌恶自己的家庭,一心想成为伞兵。在影片中,二姐一直是一个圆滑中带着些许虚荣,不甘平庸却又没有勇气突破的形象。其中有一段描写她用花布自制了一个巨大的降落伞,骑着自行车在街道上飞奔的场景,很显然,基于二姐这个人物形象的性格定位和当时的社会环境,这个疯狂的举动与现实相当疏离。但迎风飞扬的花布在逼仄的街道四处飞舞,在母亲愤怒羞恼的眼光中,二姐像一只开屏的孔雀一般第一次笑得如此骄傲自豪。影片结尾处三姐妹逛动物园参观孔雀的情节尤为精彩。时隔多年,三姐妹已经长大,成家立业。影片以一个固定镜头配以压抑的独白,记录下三姐妹挨个走过孔雀笼前,无论怎么努力,依旧没能看到孔雀开屏的样子。终于在三人都放弃并离去之后,孔雀独自悄无声息地舒展开了五彩的羽翼。以这个情节作为整部影片的结尾,与三姐妹生存发展的主线故事情节并不相关,在内容上也并不具备冲突点和实际行动。但这个疏离的结局却也恰恰是最中要害的表意叙述。三姐妹的命运充满了懦弱与妥协,他们的青春充满压抑和扭曲,成长中的反叛在家庭与社会的压力之下是如此的无力和可悲。三姐妹最终错过了孔雀开屏,正如错过了自己本该绚烂绽放的青春。凝滞的长镜头记录下了她们漠然麻木的表情,哀默的音乐缓缓响起,仿佛是在祭奠她们逝去的梦想和童真。

"传统电影在银幕和观众之间建立一种单向的传导活动,电影把要告诉观众的东西明确无误的表现在银幕上","现代电影则力图在银幕和观众之间建立一种双向关系,让观众在观看影片的同时,也积极的参与有意义的创造,导演往往不是把信息直白的告诉观众","影片在观众和银幕之间建立了一种思考的空间,只有通过这种思考,才能理解影片的含义。就这一意义而言,现代电影是不透明的,而传统电影则是透明的"[①]。简言之,无论是寓言式还是疏离式的"文学电影",都试图用这种多维的抒情方式取代传统的二维平面叙事修辞,拓展电影文本的叙事维度和人文内涵。

五、文学与电影的艺术共享

文学是以语言文字为媒介表达,而电影则通过影像传情表意。这并不是说两者截然不同,相反,在不排斥差异的基础上,电影与文学在思维观念的表达技巧上也有相似之处。这些相似点为"文学电影"的产生打下了内在基础。"文学电影"成为电影与文学的结合物,跨越文字与影像的界限,实现了文学语言和电影语言的相互契合、艺术共享。由此,"文学电影"在突出电影性和文学性的同时,也"证实了视觉影像除了可视的功能还有一个可读的功能"[②]。"文学电影"的可读性更加明显,欣赏电影的

---

① 陈犀禾:《中国电影的新视角——论〈黄土地〉及其他》,转引自《话说〈黄土地〉》,北京:中国电影出版社,1986年版,第249~250页。
② 陈永国:《视觉文化研究读本》,北京:北京大学出版社,2009年版,第269页。

第三章 "文学电影"的修辞手法与价值意义

同时仿佛在阅读一部文学作品,有些"非文学"作品改编的电影,其文学性也表现得格外明显。下面以电影《不速之客》为例进行个案分析。

（一）影片内容简介

由汤姆·麦卡锡执导、罗宾·威廉斯主演的电影《不速之客》,在法国多维尔举行的第34届法国多维尔美国电影节上勇夺"评审团奖""观众票选奖""首映杂志读者票选奖"等三项大奖。影片讲述了年过六十的老教授沃尔特在妻子去世后一直过着自我封闭的生活,没有激情和希望,充满了空虚和迷茫。在一次参加完学术会议后,沃尔特回到曼哈顿的公寓,却发现里面住着一对陌生的外国年轻情侣——泰瑞克和赞娜布。尽管不是很愿意,但是沃尔特不忍心将他们赶出房子,只好暂时收留了他们。在与这两个人的交往中,沃尔特慢慢发现了生活中缺失的内容。不久,泰瑞克过地铁时被卡住,随后被警察发现了他是非法移民,受到了拘捕,等待遣送回国。沃尔特以前所未有的热情去帮助他脱身,然而最终还是失败了。通过独特的视角,《不速之客》将故事娓娓道来,双关、象征、对比等手法运用在影片中的小细节中,诠释着种族、文化、人权的主题,引人深思。

（二）双关

作为一种最为常见的修辞方法,一语双关被广泛应用于电影中。片名《不速之客》本身就是双关的运用。从故事情节的角度,不速之客就是指泰瑞克和女朋友赞娜布以及泰瑞克的妈妈。因为要参加学术会议,沃尔特来到自己在纽约的公寓。自从妻子去世之后,他已经很长时间没有来过这里了,可令他惊讶的是,房间里充满了生活的气息,桌上甚至摆放着盛开的鲜花。这里竟居住着一对年轻情侣！随着情节的发展,当泰瑞克被关押在皇后区时,另一个不速之客出现在沃尔特的面前,那就是泰瑞克的妈妈。由于长时间没联系上泰瑞克，她非常着急，于是自己找上门来，见到的却是沃尔特。对于沃尔特来说，这三个人无疑是不速之客，他们不仅仅闯进了他的公寓，更重要的是闯进了他的生活。妻子的离世给沃尔特带来了巨大的痛苦，他封闭自己的内心，很少与人沟通，假装忙碌以麻痹自己。这三个不速之客，尤其是这对年轻情侣的出现无疑给沃尔特沉闷的生活带来了巨大的冲击和改变。当沃尔特的生活中闯进了三个对于他来说非常重要的"陌生人"之后，他开始走出自我的世界，不但看到一个全新的世界，也将迎来全新的生活。然而，从影片的主题来看，"不速之客"这个标题又多了更深层次的意义。对于美国这个国家而言，这三个人更像是不速之客，他们没有通过正当的途径进入美国，违背了美国的政策和法律，最终只有被遣送回国。这样的不速之客到底会对美国或美国人民造成什么样的影响？导演用"不速之客"这个标题引发观众对美国严格的移民政策的思考。

（三）象征

象征，作为文艺创作的手法，指通过某一特定的具体形象来暗示另一事物或某种较为普遍的意义，利用象征物与被象征的内容在特定经验条件下的类似和联系，使后者得到强烈的表现。在电影中，"当涵义并非产生在两幅画面的冲击之中，而是蕴含在画面内部时"[1] 就产生了象征。麦茨在《想象的能指——精神分析和电影》中定义："象征的（象征，symbolise 等）概念普遍适用于隐喻的和换喻以及句法和范例等概念，同样也包括很多其他的。这个总体性的概念意味着任何意义的运作、任何涉及一个能指和一个语义学意义（不管有无所指参与）的游戏；最终它意味着意义本身，意义作为一种操作，意义的效果。这意味着这一研

---

[1] 马塞尔·马尔丹：《电影语言》，何振淦译，中国电影出版社，2005 年版，第 84 页。

第三章 "文学电影"的修辞手法与价值意义

究努力所要解释的不同比喻手法都有象征性。"① 电影的形象象征，是指在一定剧作形象的描写中寄寓超越具象的概念、思想和感情等抽象内涵的一种艺术手法。

从电影综合艺术元素的构成看，影视中的象征主要通过所描写的四种基本象征形象来体现，即视觉象征形象、听觉象征形象、视听结合象征形象、叙事象征形象。《不速之客》这部电影正是通过这四种象征形象诠释着主题。这些形象除了直接意义外，还有着更深广的含义（如概念、思想、感情、精神等）。黑格尔说："象征一般是直接呈现于感性观照的一种现成的外在事物。对这种外在事物并不直接就它本身来看，而是就它所暗示的一种较广泛较普遍的意义来看。因此，我们在象征里应该分出两个因素。首先是意义，其次是这意义的表现。意义就是一种观念（按，即观念的抽象定性）或对象，不管它的内容是什么，表现是一种感性存在或一种形象。"②

影片的开始就展现出有重要意义的视觉性象征形象：钢琴。沃尔特学习钢琴不仅仅是为了排解生活的苦闷。沃尔特的妻子擅长弹奏钢琴，这架钢琴是她留下的。因此，钢琴包含了沃尔特对妻子的爱，对过去生活的缅怀。沃尔特始终沉浸在过去的生活中，活在自己的世界里。而在影片的最后这个视觉象征性符号又出现了。沃尔特将钢琴卖掉，暗示着挥别过去灰暗的生活，开始新的生活。之后出现的视觉性象征符号是花。沃尔特参加完学术会议回到公寓，却发现很久没有居住的房间里居然有花。花象征着生命，象征着爱，象征着家庭生活。显然，有人住在这里，这让沃尔特大吃一惊。不出所料，这里居然住着一对年轻的情侣，

---

① 克里斯蒂安·麦茨：《想象的能指——精神分析与电影》，王志敏译，北京：中国广播电视出版社，2006年版，第168页。
② 黑格尔：《美学》（第二卷），北京：商务印书馆，1981年版，第10页。

正如那花瓶里的花，洋溢着青春和活力。影片中的泰瑞克对音乐充满了热爱，他非常喜欢击鼓，鼓成为贯穿整部影片的一个重要的视觉性象征符号。沃尔特和泰瑞克因"鼓"结缘，因"鼓"而乐，"鼓"这个古老的乐器，成为联系沃尔特和泰瑞克友谊的纽带。

整部影片最明显的听觉性象征符号是鼓声。与影片中出现的低沉而忧郁的钢琴声不同，鼓声奔放而热烈。前者是沃尔特在遇到"不速之客"之前的生活写照，而后者正是快乐人生的体现。击鼓传递出来的丰富非凡的节奏和旋律重新点燃了沃尔特已经接近于休眠状态的灵魂，原始热烈的鼓点敲开了主人公封闭的心，开拓了他的视野，同时也让人体会到理解与交流的美好。来自异域文化的鼓声成为传递友情的信号，成为不同文化之间的桥梁。两个男人之间的友情也因为音乐而变得越来越深厚，文化、年龄、性格差异也随之消失。

影片中出现了很多击鼓演奏的场面，酒吧、公园以及最后沃尔特在地铁站的演奏，都是热烈的、快乐的，或者温馨的。这些视听结合的形象意义深远，令人印象深刻。其中有两个场景非常具有代表性：第一个场景是泰瑞克带沃尔特去公园击鼓，体现了与政治的偏狭相比，文化更具有包容性和慷慨无私的一面，当沃尔特终于放下羞怯，加入并排敲击的行列中时，谁还会挑剔他起初的不够熟练？谁还会认为在一群棕色、浅黑或深黑色皮肤的乐者中，加入一位身着西服的白人老者，会令这个画面显得不协调？在悦耳而动感的音乐中，公园里的人们不分肤色无论老幼均自在起舞，那种看似不相符的气场在此时此刻得到愉快的融合，而沃尔特的心绪也仿佛豁然开朗，似乎终于体会到生命的欢歌，和课堂上的古板矜持判若两人。另一个感人的画面出现在探监室玻璃墙的两端，沃尔特与泰瑞克只能通过电话进行交流，泰瑞克让沃尔特和他一起击鼓。在这样一个本是让人伤感的地方，这对

第三章 "文学电影"的修辞手法与价值意义

乐观的朋友,他们各自又敲起了熟悉欢快的节奏,尽管探监室的玻璃隔开了两人,但音乐是无界限的,友谊也是无法隔离的。

影片中出现较多的叙事性象征形象是沃尔特的三次敲鼓。当沃尔特受到泰瑞克的影响,第一次不经意间就拍起了旋律,感受到新奇与舒适,下意识地绽放出笑容,那一刻的鼓声向观众宣告着沃尔特新生活的起点。第二次,泰瑞克带着沃尔特去公园敲鼓,各种肤色的人融入同样的鼓声中,文化冲突消失不见。第三次敲鼓则是影片的最后,当沃尔特表情严肃地背着泰瑞克的手鼓来到地铁站,忘情地拍打了起来,这鼓声是沃尔特内心情感的宣泄,是对美国移民政策强烈的质疑与控诉。

让·米特里认为:"在一定程度上,电影犹如表意语言的一种新形式,但是区别也十分明显,因为在电影中,表意语言的约定俗成的固定符号被变化不居的象征意义所取代,象征意义主要取决于其所处的视觉背景,较少取决于被再现的物象或事件。这种背景,通过由其确定的关系或意义,使这些物象或这些事件具有临时性表意功能。"[①]

(四)对比与反讽

对比和反讽也是《不速之客》中运用的较多的手法。一是画面色彩的对比。导演对影片人物甚至是故事背景的安排都煞费苦心,塑造出既有视觉冲击力又充满内涵的叙事性象征形象。主要人物的肤色分别是白色、黄色和黑色,三种不同肤色的人在一个自由的国度相遇又分开。影片背景中也多次出现其他族裔的人,甚至是典型的异域文化符号,如中国的二胡。二是代表美国文化的沃尔特和代表异域文化的泰瑞克等人之间的对比。沃尔特一直过着沉闷压抑的生活,正是有了泰瑞克等人的闯入,他的生活才

[①] 米特里:《电影美学与电影心理学》,崔君衍译,江苏文艺出版社,2012年版,第35页。

重新焕发活力。泰瑞克热爱音乐，打起非洲鼓来生机盎然，他的笑容明媚而阳光，性格热情而开放；他的女朋友心灵手巧，靠自己编的小饰品赚钱。在现实生活中，美国文化正是有了其他文化的融入才更加丰富多彩。三是人性情感和僵化的体制之间的对比。沃尔特为了泰瑞克积极奔走，然而以警察、移民局为代表的国家机器却冷酷无情。四是情节的对比。影片中泰瑞克和女朋友走在街上，背景是一栋老旧的建筑物，有个写着字的牌子，大意是"伊斯兰是美国大熔炉的一部分"。在报摊上，不仅有波斯文、阿拉伯文的报纸，甚至还有汉语报纸。更明显的还有那个在地铁站里拉二胡的亚裔面孔，那些在中央公园里全神贯注演奏非洲手鼓的非洲裔美国人，和泰瑞克女朋友一起摆小摊的以色列人，还有在餐馆里那位热情的埃及人。这些画面无不显示出美国文化的包容性和多元性。然而，影片的最后，泰瑞克的母亲登上了回叙利亚的飞机，伴随着一个星条旗的模糊镜头，意味着她的美国梦变得遥不可及。尽管泰瑞克是带着音乐梦想来到美国，并未做什么违法乱纪的事，但他依旧不符合美国的移民政策，最终被驱逐出境。

影片中，反讽与对比紧密交织在一起。移民拘留中心的墙上挂着一幅画，配有四张不同种族的人的笑脸。然而与之相对应的却是该中心冷漠无情的服务态度，以及无处不在的电子眼监视系统。美国政府一方面向世人宣告美国的力量来自移民，一方面却将这些人关押在此，这是多么讽刺的一幕。既是强烈的对比、无声的抗议，又是辛辣的讽刺。

（五）修辞的艺术特色和功能

电影《不速之客》并不是由文学作品改编而来，但影片充分利用了"文学电影"中的叙事和修辞两种手法，将"文学性"和"电影性"合二为一，更重要的是电影作品表现出对人文的深切关怀，用爱来化解现实生活中的种族歧视。《不速之客》是一部

第三章 "文学电影"的修辞手法与价值意义

充满温馨氛围的影片,它的故事情节比较简单,影片没有震撼的大场面,却处处是感人的小细节,通过象征、对比、反讽等的交织运用,体现出对现代生活的反思,折射出深刻的主题。不得不说,影片的成功与导演独特的视角及多种修辞的运用是分不开的。

修辞是使一部电影成为"文学电影"的重要手段之一。首先,在电影语言"表述"上,修辞可以"'在语言载体'上,强化具有诗意的特征;而表述的诉诸性、针对性,是强化的另一个基本特征,离开这一点就没有也不能有表述……"[①] 修辞使"文学电影""诗意化",这是区别"文学电影"与"非文学电影"的重要途径之一。这也就能够解释为什么不是所有由文学改编的电影都可以称作"文学电影",比如尽管电影《教父》改编自马里奥·普佐的同名小说,但《教父》并不是"文学电影",因为缺乏将其诗意化的修辞,所以电影在视听效果上缺乏文学的含蓄深邃。当然,我们不可否认,《教父》也是一部经典的非文学电影,被称作"充满了男性荷尔蒙的电影"。

"文学电影"中由于有了修辞的运用,形成了"文学电影"表意独有的特色。"文学电影"的表意总是透过表层的故事情节展示丰富的内涵和深远的意义,因此,"文学电影"中的很多意象总是带有象征和隐喻的意味。例如在《城南旧事》中缓缓流淌的水正像那缓缓溜走的日子,一去不复返;《大红灯笼高高挂》中的四合院正是封建男权社会的缩影;《红高粱》中日军踩在高粱地中实则寓意着对生命的践踏。如此种种,在"文学电影"中非常多。

也正是因为这样,"文学电影"不仅仅是展现导演的意图,

[①] 巴赫金:《巴赫金全集》(第四卷),白春仁等译,河北教育出版社,1998年版,第158页。

更多的是需要观众的主动参与。观众不是去接受导演所要表达的意义，而是要积极去建构自己的阐释。美国电影理论家达德利·安德鲁说："修辞活动扩充了意义的空间，并吸引我们通过阐释来填补这个空间。"① 因此，在"文学电影"中，修辞赋予了"文学电影"更多的表意空间，在电影和观众之间架起了一道桥梁。

六、"文学电影"在当代存在的价值意义

（一）文学的影像化生存

当今社会，人民的物质生活水平直线上升，而精神生活却愈发空虚。文学遭遇了从未有过的忽视和冷落。特别是经济高速发展的当下中国，人们似乎再也无法静心阅读，无论是在创作还是在受众市场上，真正认真严肃的纯文学作品越来越不受青睐。我们片面追求物质世界的充盈，却忽视了精神世界的荒芜。文学的边缘化似乎已成事实，我们看到了文学作为艺术大宗的主导地位日益衰落，最直观的现象就是纸质书籍和正统严肃文学的衰落。然而，美国文学理论家大卫·辛普森在他的《学术后现代与文学统治》中却指出，文学的边缘化实际上是一种虚幻的表象。文学的主导地位不应只局限于文字书籍上，它的主导性、统治性依旧存在于各种其他艺术形式中。文学性渗透进其他各门艺术中，无论是戏剧、电影，都与文学互文。我们可以明显地感知到，无论是在创作思维、理论术语、类型界定等方面，电影都是在模仿和借鉴文学。任何一种艺术都应是与时俱进的，文学在新时期的影像化生存也是无可厚非的事实。我国许多知名导演如吴天明、张艺谋、陈凯歌、冯小刚等都创作了许多优秀的"文学电影"。《老

---

① 转引自达德利·安德鲁：《电影理论概念》，郝大铮、陈梅译，上海文艺出版社，1990年版，第220页。

第三章 "文学电影"的修辞手法与价值意义

井》改编自郑义的同名小说,《大红灯笼高高挂》改编自苏童的小说《妻妾成群》,《红高粱》改编自莫言的《红高粱家族》,《一个和八个》改编自郭小川同名小说,《活着》改编自余华同名小说,《我的父亲母亲》改编自鲍十《纪念》,《霸王别姬》改编自李碧华同名小说,《黄土地》改编自柯蓝的散文《深谷回声》,《边走边唱》改编自史铁生的《命若琴弦》,《孩子王》改编自阿城的同名小说,《甲方乙方》《永失我爱》《阳光灿烂的日子》《过把瘾》《看上去很美》等许多作品均改编自王朔的小说。"文学电影"的出现,无论是主观上还是客观上,都使得文学逐渐回归了大众视野,重新得到重视。正是由于一系列"文学电影"的出现,大批观众才对文学原著、文学历史重新拾起了兴趣。撇开电影本身的优劣不谈,至少通过"文学电影",文学在一定意义上走向复兴。"文学电影"的意义不仅在于丰富了电影种类,更在于这类影片以各不相同的法则规范承载了相似的文学精神、哲理学识,它们是文学向大众普及的另一种形式,作为一种文化商品,相较于书籍,电影能更为亲和地传递知识。特吕弗在1954年的《法国电影的某种趋势》中说到过:"如果这个时代仍然吸引我们,那主要是由于其与文学的联系。因为今天的我们可能会谴责公共电影(Public Cinema)和橱窗电影(Showcase Cinema),喜欢有个人风格和流畅自然的作品,不过也愿意承认文学经典的宝库可能需要另外一种对待方式。作为过去的残余,伟大的小说带着特权存在于现代,并需要我们尊敬地对待它们。"[①] 现代科技的发展犹如海上一艘全速航行的大船,而文化、文明正如同操纵大船的舵手。深刻的文学作品,是作者心中的呐喊、心灵的写实、社会的缩影、情感的升华、文明的反射。它们

[①] 达德利·安德鲁:《艺术光晕中的电影》,徐怀静译,世界图书出版社,2011年版,第96页。

不仅仅是消费品与单纯的信息载体，更成为灵魂的载体与塑造信念的力量。

文学有什么用处？或者放宽范围来讲，艺术有什么用处？1999年版《辞海》将艺术定义为"人类以感情和想象作为特性的把握世界的一种特殊方式，即通过审美创造活动再现现实和表现情感理想，在想象中实现审美主体和审美客体的互相对象化。具体说，它们是人们现实生活和精神世界的形象反映，也是艺术家知觉、情感、理想、意念综合心理活动的有机产物。作为一种社会意识形态，艺术主要满足人们多方面的审美需要，从而在社会生活尤其是人类精神领域内起着潜移默化的作用"。从这个定义可以看出，艺术是为了满足人类的审美需要、精神需要，它并没有实际作用，不可以用来充饥，也不可能用以御寒。曾经有一个有趣的小寓言故事：伊甸园中的玫瑰花向上帝抱怨它的无用，祈求上帝赋予它生命的意义，使它变得"有用"些。于是上帝将玫瑰花变成了大白菜，伊甸园也就变成了一个菜园子。艺术的价值，正如伊甸园中的玫瑰一般，并不直接体现在它的"有用"上，绘画、音乐、文学、电影等艺术，它们无用，因为它们不需要有用，因而不受现实的制约。人类对于自由的向往是永恒的，但生活在现实社会中，受到经验限制、欲望限制，自由是如此的可遇不可求。但由于有了艺术，它在俗世中搭起了一座天梯，使得我们有机会攀着天梯，步入云端，窥探到理想中的天国是什么模样。但这终究只是短暂一瞥，只是一瞬的精神愉悦，回到俗世中，一切都不能改变。艺术并不是阿拉丁的神灯，并不能使你实际获得任何想要的东西。所以寄希望于借文学艺术脱离现实世界，或是借文学艺术直接改变现实，都是妄谈。现实世界与精神世界之间的矛盾，是人类永恒的困境，但因为有了艺术，我们的心灵有了飞跃痛苦、接近天堂的力量。即使肉体困于地面，心灵却依旧自由。文学艺术的作用，就是赋予我们想象的力量，赋予

第三章 "文学电影"的修辞手法与价值意义

我们思考的力量,扩大我们的精神世界,使得我们能在更广阔的天地中探索翱翔。

文学对电影的推进作用是显而易见的,反而言之,文学也需要在电影的推动下展开新的探索。"其实,这就是我们应当得到的教诲。今天,不再可能固守于边界确定的研究领域,各门艺术理应是比较的,在不同媒介的对比中向前发展,否则,它就没有存在的理由。"① 文字是文学的物质媒介,与其他艺术相同,文学一方面必须依赖于物质媒介,但另一方面,文学本身是无边界的,是超验性、象征性的。文学可以超越物质媒介,以不同物质媒介书写表达。电影的流行,是时代的选择。借由这门年轻的艺术,文学也可以再一次抽出新枝,回归大众。

(二)电影的文学化拓展

优质的电影不仅仅是视觉盛宴,更多的是要做到内涵丰富,触及心灵。"文学电影"恰恰可以做到这点,借助文学,将电影的内涵深度予以扩展。"文学电影"作为一种新兴电影形态,也是对电影创作市场的一次创新和刺激。

每部电影,都是先被感知,之后才谈得上被理解消化的。"创作一件表现艺术的作品,可能并不把激发人们的感情作为目的,也不是为了立即满足人们的感情,而是要把人们的感情带进现实生活中去起作用。"② "文学电影"对于文学事件、文学作品的改编取决于导演对待历史的态度,鉴于所有的文学作品都是以过去时存在的,电影的风格自然带有怀旧、纪念式的韵味。"文学电影"的创作需要抛去过多的视听和戏剧化的表达方式,将文

---

① 安德烈·戈德罗、弗朗索瓦·若斯:《什么是电影叙事学》,刘云舟译,商务印书馆,2010年版,第200页。
② 欧纳斯特·林格伦:《论电影艺术》,何力、李庄藩、刘云译,中国电影出版社,1979年版,第186页。

学性很强的诗句、对白重构成肢体语言和景观，在对文学作品的再现基础上，还要突出镜头语言对文学内涵的表现能力。这对于创作者的宏观把控水平和观众的理解能力都是一个不小的挑战。创作"文学电影"，必须首先认清两种媒介的独特性，作为最年轻的一种艺术形式，电影在短短百年中，在拍摄技术、叙事手法、影片类型等各方面都取得了突飞猛进的发展。相较于电影，文学、戏剧、音乐、舞蹈、建筑、绘画都曾经历了数百年漫长的演变，才逐步取得今天的成就。应该承认，尽管电影的发展速度无可比拟，但是在今天看来，其艺术底蕴和根基明显较其他艺术种类薄弱许多。文学，无论是通过何种形式，都为电影的发展做出了巨大的贡献。世界电影史上三分之一的影片灵感都来源于文学作品。某种意义上讲，其实每部电影，都无法完全脱离文学，纯粹的电影是不存在的。文学作为一种古老的叙事艺术，印刻于每个人的脑海中。电影创作者在创作中，必然或多或少运用文学的修辞手法和文学技巧。即使一个导演刻意避免文学技巧的运用，他的潜意识中仍旧无法将文学的叙事抒情手法完全剥离。

"文学电影"敢于向娱乐化、模式化、肤浅化的标准电影提出挑战，敢于尝试新的电影与文学的结合方法，本身就值得我们重视和尊敬。

第四章 "文学电影"的困惑和启示

一、文学母题的空洞

文学之奥秘,博大精深。从目前的电影创作情况来看,电影从文学宝库中汲取的精华还远远不够。无论是内容还是形式、母题选材还是修辞手法上,电影依旧不够成熟。进入21世纪以来,中国电影片面注重视觉效应、故事种类单一、跟风严重、缺乏叙事深度等问题愈演愈烈。2000年,《卧虎藏龙》掀起了武侠类电影的创作高潮,《英雄》《夜宴》《满城尽带黄金甲》《十面埋伏》等一系列电影借用古装武侠元素,运用大场面、大制作遮盖叙事短板,除去视觉震撼,几乎毫无精神内涵,这股风潮一直延续至今,导致我国武侠片的发展道路似乎越走越窄。另一次类型片泛滥风潮发生在2013年的《致青春》上映之后,都市爱情题材和怀旧青春电影如雨后春笋般出现,如2013年《初恋未满》、2014年的《怒放之青春再见》《同桌的你》《我们毕业的夏天》《毕业那年分手季》《不能说的夏天》《匆匆那年》……

撇开商业与艺术的矛盾之争,单就电影创作来说,是什么使得中国电影类型扎堆生产,毫无新意?为何电影的程式、套路如此单一,又为何不求助于古老的文学艺术中的种种经典母题?西方文学历史上,从古希腊文学到《荷马史诗》,从文艺复兴到现代主义、后现代主义,无论文学潮流怎样更替,永远存在着几个经久不衰的永恒母题。由这几个母题孕育的故事层出不穷,万变不离其宗。例如，从古希腊悲剧时期就产生的"人与神的抗争"，或者说是"理性与感性的抗争"这一母题，文学中有不计其数的小说、诗歌、散文都表现了这个母题下所衍生的故事。人类代表着欲望、代表着原始的冲动和感性；神代表着命运，代表着理性，代表着一切权威和强大的力量。在理性与感性、原欲与命运的对抗中，人类输了，则会产生崇高的悲剧感；人类赢了，则会体现人性的光辉和巨大的希望。与文学作品中不断重复的"人与神的抗争"相类似的是，电影中也时常表现这个主题。好莱坞的灾难片就是最好的例证，细数近年较为流行的火难片，无论是《2012》《庞贝末日》《垂直极限》，还是《天际浩劫》《地心引力》《火星救援》……影片中表现了人类社会从可控的、有序的状态变成了无序、不可控的状态，经过种种努力和挣扎，最终凭借人的力量又重新使得万物恢复了本来的秩序，这些作品都在表达同一个浅显易懂的主题——人定胜天。

然而在这个框架之外，还有一个在文学中备受重视的母题分支，就是原罪的毁灭。人类在强大的命运面前是如此渺小，人的力量并非一切。从亚当、夏娃偷吃禁果，到潘多拉的魔盒，从《十日谈》到《浮士德》，无数经典文学作品都在表达着这一主题。改编自康拉德作品《黑暗之心》的《现代启示录》讲述了一群美国大兵被克兹上校的幽魂所统治，最后被吞噬，成为幽灵的一部分。这个故事，就是标准套路"人定胜天"的反面教材。人的身上有"同化"和"异化"两个过程，"同化"象征着人的理性，而"异化"代表人的欲望、人的感性冲动。人类与命运抗争的过程中不可能只有"同化"这一种可能，"异化"将人分解，是人自我放逐、自我毁灭的过程，它同样重要。《黄土地》《太阳照常升起》《七宗罪》等经典电影，都是在表达这一具有悲剧感的放逐过程。《黄金时代》表现了萧红作为一个勇于追求自由、追求爱情、追求自我价值体现的女性，在一个战火纷飞、人性压

第四章 "文学电影"的困惑和启示

抑、情感封锁的年代，像一只追逐火光的飞蛾，被种种生活、社会带来的苦难一点点燃尽了飞翔的双翅。有人说，低级的艺术来源于快乐，高级的艺术来源于苦难。正是无尽的苦难激发她创作出了一部部拷问心灵的著作。萧红是孤独的，她的一生未曾真正有人懂她。她追逐一些人性中最基本的原欲，例如忠贞不渝的爱情、安稳平静的生活。萧红是伟大的，同时也是平凡的。她无心政治，也没有崇高的理想。她只需要一支笔，能够记录下她对生活的所感所思；一个人，能够陪伴她走过漫漫一生。然而这些对于自我的追求，在影片的开头就被明确打上了不可能的标签。整部影片都在一次次描述命运如何使她失控，如何将她的欲望打得粉碎，如何一步步将她击垮，摧残她的灵魂。《黄金时代》的主题内涵与另一部经典电影《安娜·卡列尼娜》有着惊人的相似。安娜对于爱情的追求同样不顾一切，执着得可怕。她在故事的开头就预料到了这不过是场注定幻灭的梦。但为了追求内心对于爱情的那一点仅存的火花，她顶着四面八方的流言蜚语，任凭种种压力将她打压得遍体鳞伤。她的一袭黑裙在花枝招展的舞池中不仅没有使她黯然失色，反而使她如同黑夜中的星辰一般高贵冷艳。安娜的不幸是整个家庭整个社会的不幸，她的丈夫阿列克谢如同一个戴着面具的人，他对于安娜和婚姻的无限宽容和不懈坚持，实际上只是出于一个基督徒的愚忠和一个虚伪的人对于名声的维护。安娜的儿子谢廖沙，是阿列克谢用以要挟、束缚安娜的最有利的把柄，也是撕裂安娜的有力武器。最终安娜选择了纵身跃入铁轨，正如同第一次在车站碰见弗龙斯基时一样，她看透了世间一切爱欲和责任背后的残酷，她鄙夷地看着身边的人，蔑视他们浑浑噩噩地活着，蔑视那些站在道德高处道貌岸然谴责排斥她的人。人类对于情欲的追求不过是场虚妄的梦，她的梦已经走到了尽头。影片中还有一个重要的叙述者，就是列文，他对于人生思考的矛盾贯穿始终，在他哥哥临死前，他对于生命抒发了如下的见解:"人不过是个细胞分化的有机体,在无边无际的时间、空间里,生命如同泡沫一般转瞬即逝。"他对于生命的看法是理性的,同时也是悲观的。他对于宗教一样是充满质疑和悲观的,在周围所有人欣然接受宗教指引的时候,只有他徘徊在圣殿前踟蹰不前,他质疑宗教是懦弱的人的避难所,只有对生活失控的人才会寄托宗教找到前进的方向。他试图从哲学中寻找关于人性的一些答案,当他以为在哲学海洋中找到一丝曙光的时候,却发现这些道理对于现实生活中的种种困惑和人性的丑陋丝毫没有帮助。列文厌恶上流社会、大都市中的贵族虚无的生活,大大沉醉在狂欢、酒宴、舞会中。他热爱土地,只有在太阳下手挥镰刀割稻草的时候,他的内心才得到一丝宁静。但他的价值观并没有获得大众的首肯,他所爱之人在最初也是不接受的。他对自我的放逐和寻找始终受到社会大众价值观的阻碍。短短一部影片中,我们看到了人类不同的选择下人生的走向,安娜选择飞蛾扑火,向死而生;列文选择承担责任,继续追求自我理想的生活;弗龙斯基充满激情,却缺乏勇气,最终放弃了幸福,也丧失了一生难得的真爱。他们的人生轨迹截然不同,无论是信仰上帝,还是求救于哲学,最后谁也无法逃离无尽的宿命轮回和永恒的悲剧的迷惘。整部影片没有夸张的情节吸引人的眼球,没有华丽的视觉效果烘托气氛,但观影之后留给我们的思考却是意味深长的,这些思考使我们受益,在故事背后还会不禁拷问自己:换作是我,我的人生又该何去何从?

电影是人学,文学也是人学。电影像文学借鉴学习的地方还有很多。遗憾的是今天我们的电影创作缺乏诚意,缺乏艺术底蕴和熏陶。注重技术创新却忽视艺术素养的提高,注重票房的追高却忽视电影口碑的树立,这不得不说是我国当下电影创作的一个可悲的现象。

文学母题对于"文学电影"而言,是完成电影二次创作的一

第四章 "文学电影"的困惑和启示

个重要基石。电影创作与文学母题之间存在两个维度的关系讨论：第一个维度是文学母题本身的价值审视以及电影对其的选择，第二个维度是电影对文学母题的影像解读和创作中的阐释与美学价值生成。母题在文学中与叙事紧密关联，承担并完成叙事意义的表达。在对文学母题的阐释与表达中，个人化的解读与重构是完成对母题美学价值表达的一种重要手段。但是由于跨门类的艺术创作，在表达方式、手法中对原生母题本身会产生一定的影响。因此创作与解读可能会对影片本身产生影响。叙事完成与主体表意都会成为母题二次阐释中的可能问题。因此在探讨电影改编中出现的问题时，先要了解文学母题本身。

对于"文学电影"运用视听语言建构文学母题、表现叙事情节而言，整个符号体系的建构涉及"文学电影"从创作到传播以及效果达成的全部过程。"神话里有两个符号学的系统，其中一个与另一个相互交错：一个语言学的体系，语言（或者与之类同的描绘方法），我将称之为语言——客体，因为这是神话为建立系统所要掌握的语言。而神话本身，我将称之为元语言，因为它是第二语言，人在第二语言中谈的是第一语言。当他回应元语言时，符号学家不再需要自问有关语言——可以的构成问题。他也不需要考虑语言学策略的细节来；当这个名词为神话所用时候，他只需要知道它的整体名词或者是普遍的符号。"[①] 在符号学体系建构中，对名词的阐释与解释有着重要的作用，这个所谓的名词就是我们所说的文学母题的原初意义。从这个维度来看，高度提炼的文学母题作为一个名词化的表征存在，并且是电影在情节叙事的建构基础。"文学电影"的视听表达也是围绕这个名词母题展开的。

---

① 罗兰·巴特：《神话——大众文化诠释》，许蔷蔷、许绮玲译，上海人民出版社，1999年版，第174页。

文学母题在文学之中大抵为叙事研究，文学母题概念本身在于从多重的叙事研究中升华出具有共同叙事意义的问题或主题。母题具有类型化的模式或承载程式化的意义，从属于一个类型化的研究中的结构形式的升华。文学母题可以是一般话题，由这个话题展开诸多的叙事故事，进行个性化的解读和艺术创作者的阐释。从这个维度上来看，电影艺术在对文学母题的二次使用与创作中，具有共通的叙事意义。然而当前在电影艺术的创作中，"文学电影"中无论是从文学作品改编的电影，还是文学化的电影创作，文学母题的空洞是重要的问题。文学母题本身作为一种原发性的叙事母题，承载叙事的功能意义之外，在叙事节奏、叙事情节等重要环节中有重要的美学价值。在文学改编的电影中，改编电影与文学原著中的叙事核心母题意义本身存在差别，母题本身并非等同于文学叙事主题。文学母题往往以抽象名词或者短语命名，在抽象这种普遍性的话题时，毫无疑问地会与原生作品情节产生差异，或是在抽象中剥离辅助叙事的诸多细节。因此，在电影作品的跨门类艺术的二次创作中，文学母题本身的内容会直接影响到电影在创作中的认知。对文学母题的阐释角度和影像化表现也会对电影创作产生重要的影响。

这里以电影《白鹿原》的改编过程为案例进行阐释和分析。《白鹿原》是一部长篇小说作品，由作家陈忠实创作完成，以家族视野对历史事件变迁中的社会进行讲述，描绘了陕西关中地区白鹿原上白鹿村的家族生存景观。小说原著获得了中国第四届茅盾文学奖，其文学价值是值得肯定的。在原著的叙事主线中，人物白嘉轩为叙事的原点，展现两个家族在时代变迁中的坚守与颓败。中国传统家族与时代之间的话题探讨是一种文学母题的类型。"在某种意义上，人类文学的历史发展进程一方面是'人'（个体存在）与'家'（起码的群体生存）不断的融合（包括离析中的重构）过程，另一方面又是人类生生不息的'行走'（离家）

第四章 "文学电影"的困惑和启示

和'栖息'（归家）的生命历程。当'家'成为人类一种基本的生命取向和必然的人生归宿时，便如美国当代作家阿历克斯·哈利在小说《根》中所说的'当你开始谈论家庭、世系和祖先时，你就是谈论地球上的每一个人'。"① 在家族的文学母题中，以家为轴点衍生出更大范围的作为社会基础结构的家族。家族话题的探讨在本质上也是对人的探讨。"人类首先是作为个人而存在的，个人又只有通过与他人产生并发展关系，进而结成群体才能适应大自然，才能建立一定的生活秩序得以生存下来，这就有了家庭、家族乃至社会、国家。"② 从人类社会的发展逻辑维度看来，是对个人的书写，对家族的描绘，对社会的展现。

因此在电影《白鹿原》的影像表现与书写中，人物形象的塑造与表现成为主题的核心关键。电影通过对人物背后的家族、社会、时代的书写，已然完成了对叙事母题的表现。"《白鹿原》是一个整体性的世界，自足的世界，饱满丰富的世界，更是一个观照我们民族灵魂的世界。说它是民族灵魂的一面镜子，并不过分。"③ 在跨越门类的艺术创作中，影像的文学母题本身的观照在电影中已然成立。可以明确的是电影在长篇小说《白鹿原》的文学母题中，赋予家族与时代的关系阐释以深刻的内涵和意蕴。同时，电影的二次创作中，在文学母题的原型表现上依然持存了原有母题的含义。

在文学作品《白鹿原》中，对家园的阐释是其文学母题原型的第一层内涵，在第一层内涵中，需要理解家庭与其中的核心人

---

① 杨经建：《家族文化与20世纪中国家族文学的母题形态》，岳麓书社，2005年版，第1页。
② 杨经建：《家族文化与20世纪中国家族文学的母题形态》，岳麓书社，2005年版，第2页。
③ 雷达：《废墟上的精魂——〈白鹿原〉论》，《文学评论》1993年第6期，第106页。

物，也就是对白嘉轩及其背后关联的家族的内涵解读。"家族，又称宗族，它是以家庭为核心实体的以血缘与性关系为纽带的人类社会自我协调的结构性产物和基本单位，是人文环境和地理环境双重互动的必然结果。"① 家族作为社会的基本单位，其本身的存在与意义表达与个体、社会密切相关。"在古代社会中，家族常表现为同一个男性祖先的子孙若干世代聚居在某一区域，按照一定的规范，以血缘关系为纽带而结合成的一种特殊社会现象利益共同体。"② 在"家"的母题表现之中，人与人之间的关系表现成为核心关键。"在人类漫长的历史变迁中，作为一种自成体系的具有完整的历史文化内核的秩序化实体，家族以血缘关系为纽带并通过地缘关系、利益关系的结合，演化出种种再生形态，形成一个从家庭到家族不断分化整合的过程的系统，渗透到社会生活和精神价值的各个方面。"③ 无论是在客观世界还是在艺术表现之中，家族的内在意蕴既是一个群体组织的实体形式，是既存的形式化的客体；也是一个概念式的、秩序化的关系网络。从这个维度来看，文学母题中的家族问题更具有与家国文化密切关联的文化表征意义。家族本位的文学母题在表现中通过文学描述、阐明的方式来对家族话题进行展现。

而通过电影的镜头与画面，家族的实际景象能得到直观且清晰的展现。以电影为代表的图像文化能更为清晰地以画面的形式表现对象，减少了创作者与观众之间的视觉障碍。电影作品与文学作品在对这一文学母题的表现中，更为重要的区别在于对文化

---

① 杨经建：《家族文化与20世纪中国家族文学的母题形态》，岳麓书社，2005年版，第2页。

② 杨经建：《家族文化与20世纪中国家族文学的母题形态》，岳麓书社，2005年版，第2页。

③ 杨经建：《家族文化与20世纪中国家族文学的母题形态》，岳麓书社，2005年版，第3页。

第四章 "文学电影"的困惑和启示

层面上秩序化的"家族"关系的表现与阐释。在对秩序格局的表现中,文学作品可以用文字进行清晰的描绘和说明,但是在电影作品中,更需要通过视觉化的人物形象、空间场景与人与人之间的对话关系来完成对文化社会景观的描写。在家族的文学母题中,不同类型的文化的表现与阐释是完成叙事表意的关键性问题。因此,在文学母题的完整表现之中,文学作品中表现的艺术价值并不能完全在电影艺术作品中得到实现。一方面电影作为图像文化艺术的特征,与文学的文字表达之间存在重要的差异性;另一方面则是家族作为一种精神结构而存在的内涵展现,在文学艺术与电影艺术之间划清了界限。

毋庸置疑的是,文学作品与电影作品对叙事母题的叙事展现次序是基本一致的,对"最后一个地主"白嘉轩的人物形象塑造,进而观照形成其个人形象、性格特征、行为方式的家族、宗族文化,来展现传统的家国文化。个人是母题表现的逻辑起点,关键在于通过个体与其他人之间关系的描绘来展现文学母题。"《白鹿原》的思想意蕴要用最简括的话来说,就是正面观照中华文化精神和这种文化培养的人格,进而探究民族文化命运和历史命运。"[①] 电影中对文学母题的展现情况取决于创作者本身的内容阐释与对母题的理解角度。泛主题化的电影叙事,在文学母题表现上流于情节表现与叙事,而疏于在视听艺术的表现中下功夫。母题流于电影表现的视听情节之中,而缺乏电影艺术语言的深耕。

文学作品中的家族母题叙事的第二层面在于"家族的发展演变对人类社会的经济、文化和社会变迁产生了深刻的影响"[②]。

---

① 雷达:《废墟上的精魂——〈白鹿原〉论》,《文学评论》1993年第6期,第108页。

② 杨经建:《家族文化与20世纪中国家族文学的母题形态》,岳麓书社,2005年版,第3页。

家族本身并非母题叙事的全部，更为重要的是以家族母题的表现为轴线，展现更大范围内的文化精神内涵。家族所产生的变化，时代的更迭，家族发展与社会变迁之间的关系，都表现在家族个体与家族中的人与人的关系中。家族文化的母题是文学中与人相关的永恒主题，在母题叙事表现之中，家族中的人或者说个体身份也是重要的表现手段。"其实不管人类社会文明进步的程度如何，在社会内部人们只有年龄、性别、家族和亲属关系的划分以及确认是永存的。这种天赋的'身份意识'始终沉积在人类的内心意识深处，也成为人类对历史进行解释和演说的基本'叙事动机'，正是这种'叙事动机'从艺术审美的维度转化为以语言为表述方式的叙事文学尤其式东方式叙事文学的创造性成因。"①在对家族的文学母题的叙事表现之中，作家和导演在叙事动机的原初表现上存在差异。作家在文学母题的第一次创作中，叙事创作动机在于对文学母题的核心表现。文学的叙事情节、人物塑造以及形式表现中，建构的是作家对其的理解和意义表现。但是需要注意的是，文学母题本身与叙事主题在出现顺序上，一般而言是叙事主题在先。但是在电影中，毫无疑问的是文学母题先于电影创作而存在。因此，电影在叙事表现、情节架构等方面很难完全摆脱文学作品叙事情节的桎梏。

在《白鹿原》的叙事母题中，不仅是一种家族内在关系的表现，而且涉及更为广阔的历史叙事与文学叙事的建构与互动。"完全可以说，作为一种历史叙事话语的家族文化一旦被转注、被审美化为文明的象征物、文化的高级表现形态的文学，那么历史叙事与文学叙事在互为表述、双向建构中势必会形成一种具有复调性质的、宏大意味的叙事话语现象，历史叙事的语义架构与

---

① 杨经建：《家族文化与20世纪中国家族文学的母题形态》，岳麓书社，2005年版，第14页。

第四章 "文学电影"的困惑和启示

文学叙事的象征符码融为一体，文化诉求的合目的性与审美表现的合规律性协调一致，或许这样才完全体现出这种宏大叙事的价值合理性。"[①] 因此，电影作品在对历史叙事和文化叙事的母题表达方面存在一定的问题。正如《白鹿原》原作者陈忠实在谈到民族心的认识问题时所说："但愿这是我的文学理想的实现，我的理解是这样，民族间最广泛也最深刻的交流的最好手段，便是文学。我所知道的前苏联的第一个少数民族是哥萨克，便是因为少年时期阅读了《静静的顿河》。除了文学的因素外，阅读文学作品所达到的对一个民族的了解和理解深度，任何历史的，政治的经济的读物都难以相比。"[②] 在文学作品对母题的创作与阐释中，存在历史叙事与艺术的文化叙事，由于文学与电影之间的呈现手段的差异，如果在电影创作中照搬文学作品的情节，那么必然会造成文学母题的空洞。

电影创作中的人物塑造与文学中存在巨大差异。文学作品以文字描写为重要基点进行创作，留足了读者想象的空间，但是电影中的人物是视觉清晰度较高的存在，比如《白鹿原》中的白嘉轩，小说作品中立体的人物很可能在电影中由于失去想象空间而失去灵活性。"我对每一个重要人物在书中的出场和在生活的每一步演进中的命运转折，竭尽所能地斟酌只能属于他们这一个人的行动，包括一句对话。我过去遵从塑造性格说，我后来很信服心理结构说；我以为解析透一个人物的文化心理结构而且抓住不放，便会较为准确真实地抓住一个人物的生命轨迹；这与性格说不仅不对立也不矛盾，反而比性格说更深刻了一层，这就是我所理解的心理真实。我同样不敢轻视任何一个重要人物的结局。他

---

① 杨经建：《家族文化与20世纪中国家族文学的母题形态》，岳麓书社，2005年版，第14~15页。

② 陈忠实：《关于〈白鹿原〉的答问》，《小说评论》1993年第3期，第8页。

们任何一个的结局都是一个伟大生命的终结,他们背负着那么沉重的压力,经历了那么多的欢乐或灾难而未能实现自己的人生理想,死亡的悲哀远远超过了诞生的无意识哭叫。几个人物的死亡既有生活的启示,也是可以的设计,设计的宗旨便是人物本身——那个人的心理结构形态。"[①] 由此及彼,在从文学到电影的创作中会发现,对心理状态的描写和表达,电影相比于文学作品更难成功。电影一般通过镜头中人物的外在形象塑造与对话来表现人物的心理,比起文字,视听结合的电影在心理的表现上更容易显得空洞。

综上而言,可以从两个维度分析从文学到电影的文学母题路径。在第一个维度之中,作为电影作品主题来源的原初文学母题的内涵本身会直接影响电影作品中的母题创作。在从文学到电影的创作与改编中,对原初文学母题的解读和阐释,以及创作中的主题呈现,都会直接影响原始文学母题的意义再现。因此,在当前创作中,文学母题的固化和类型化,使创作之中的阐释与解读存在空洞的问题。第二个维度是在电影作品的主题展现中,由于创作者的创作,部分电影作品流于对原作品的情节表现。电影作品在审美价值创造中实际上已经转换为一个独立的艺术作品个体,如果只是流于情节化的对文学作品叙事的展现,就会出现文学母题空洞的问题。

二、"文学电影"的种种困惑

(一)票房尴尬

尽管票房不是衡量一部影片优秀与否的唯一标准,但是"文学电影"与艺术电影、文艺片的短板都是不受普通大众热烈欢

---

① 陈忠实:《关于〈白鹿原〉的答问》,《小说评论》1993年第3期,第9页。

迎，票房惨淡。以《黄金时代》为例，与同期上映的《心花路放》《亲爱的》《绝命逃亡》《痞子英雄：黎明升起》等影片相比，《黄金时代》受到了明显的冷遇，市场反响不尽如人意。这一结果实际上是可以预料到的，回想近十年的"文学电影"，不论是早些年的《孔雀》《青红》《二十四城记》，或是近几年的《白鹿原》《桃姐》《黄金时代》，票房表现都不佳。许多大成本模式的商业娱乐片采用流水线式的电影生产方式，在明星效应和整套营销模式的催化下，占据了大部分的票房市场，挤占了制作周期长、小成本但诚意十足的优质影片的生存空间。

　　长久以来，大众普遍有一种观点，认为商业与艺术是对立的，实则不然。艺术作品完全有可能创造出商业价值，但艺术的终极目的并不是商业利益。不仅是在"文学电影"这一领域内，在文学、音乐、绘画等其他艺术领域，但凡艺术气息浓厚的作品，都很难受到大众青睐，获得丰厚的经济回报。网络文学、穿越小说的点击阅读率明显高于正统文学名著；流行音乐、摇滚、通俗歌曲的知名度远远超过古典音乐、交响乐；艺术作品不卖钱，商业作品缺乏艺术内涵。对于电影而言，其实商业片与艺术片并不是南北极，不能单纯以商业片或者文艺片对一部电影定性或归类。作为大众艺术的电影，本身就是离不开商业的。"文学电影"代表了文学艺术的电影化表达，是一种新时期导演先锋化个人化的表达，它无法过多考虑观众的口味和意愿。而所谓的商业电影更多倾向于满足投资方、制片方、大众审美的口味。商业化的作品在创作时由于多数时候考虑的是市场、营销，所以普遍缺乏深度，没有可细细品味的价值，这对于制作者、导演个体来说其实是无可厚非的，因为艺术创作本来就没有具体标准，只有个人偏好的差异。但商业片的泛滥对于整个电影市场的影响却是恶劣的，它打压了艺术电影的创作、生存空间，同时拉低了观众的审美能力，长此以往，会造成一种创作与审美的双重惰性。

从整个大环境的电影工业发展来看，商业电影的繁荣代表了整个国家电影工业发展的基本面，相当于土壤。而"文学电影"与艺术电影的发展代表了电影发展的深度、前进方向。没有商业电影的推动，没有宽度的保障，也就不存在"文学电影"发展的土壤。因此，"文学电影"的发展方向并不是与商业电影抗衡，而应该另辟蹊径。一些纯粹的艺术家，为了避免商业的困扰，力求创作的纯净和独立，在旁人眼中变得极端孤僻，失去市场。其实一味地害怕商业、回避商业是没有必要的。更重要的是如何将商业为我所用，坚守自己的艺术原则和创作理念，在面临选择的时候能守住底线，坚定自己的信念。高明的电影制片人、导演，在满足投资方、制片方对于市场预估和期许的前提下，也能很好地将自身想要表达的东西融入作品中。回溯到法国新浪潮时期，青年导演对于商业的态度很值得我们借鉴。他们一方面鄙夷受制于投资方、制片方、大众口味，崇尚个人创作的自由和对于纯艺术的真挚向往；但另一方面，他们并不排斥商业。即便是将作者电影发扬光大的宗师戈达尔，在坚持先锋手法、个人风格的同时，也从未否认过"戈达尔与主流电影体制融合"的言论观点。尤其是在电影创作陷入资金短缺等困难的时候，他为了降低成本无意间也发明了许多创新的电影技法，例如不连贯的镜头剪辑手法，缺乏传统逻辑的反常规叙事，通过电影主题意涵的宣讲吸引赞助资金，聘请群众演员以规避高额的明星演员支出，崇尚朴实自然的纪实风格，减少大场面布景的成本资金等。这些在商业与艺术间做出良性互动和平衡的成功经验对于我国数以万计的文艺片独立制作人、独立导演来说是一笔宝贵的财富，值得我们学习借鉴。

电影票房，从客观上而言是商业类型电影在大众传播中的一个重要评价指标，但不是唯一指标。在"文学电影"的价值审视中，艺术价值与商业价值作为两个评价的重要维度同时存在。艺

第四章 "文学电影"的困惑和启示

术价值直接关系列电影作品的审美价值创造与其在各方面对社会或个体产生的影响,而商业价值则是一个作品在大众中受欢迎程度的表现。好莱坞电影一直以来是商业价值追求的代表,但是这并不代表好莱坞电影缺乏艺术价值。艺术价值与商业价值之间是辩证关系。作为大工业发展之后的产物,电影无论在制作还是在发行中,对资本的需求,对技术的追逐都必不可少。因此在电影制作的整个循环过程之中,商业价值的实现有着重要的作用。"文学电影"侧重于艺术价值的展现,尤其是独立电影。但是近年来,"文学电影"出现了"叫好不叫座"的状况。一方面在于电影制作者对于精英文化与大众文化的契合度理解不够;另一方面,电影中过于专业的镜头语言,很难使观众产生共鸣。

(二) 观众缺失

近两百年来,科学技术的发展,足以用日新月异来形容。生物医学、天体物理、核能武器、航天技术……自然科学的发明与应用层出不穷,20世纪八九十年代,高校中流传着一句非常具有代表性的口号"学好数理化,走遍天下都不怕",而对于文学艺术,正如黄景仁在《杂感》中所说:"十有九人堪白眼,百无一用是书生。"这种实用主义、重理轻文的思想持续了多年,甚至至今也并未完全得到纠正。学校的美学教育较为薄弱,"80后""90后"从小接受的素质教育中就缺乏足够的艺术熏陶。这与中国市场经济飞速发展阶段片面重视科学技术培养,忽视文学、艺术的重要性有直接关系。在这样的教育之下成长起来的年轻群体,正是当今中国电影市场消费的主力军。任何一种艺术形式的审美都需要相应的能力。文学艺术的审美力需要大量的文学作品的阅读和对文本独立思考体会,才能获得。欣赏电影艺术同样需要观众具备对于电影史、电影叙事技巧、电影文本解析的知识和能力。而一个人的美学观、对美的感知力、对文艺的接受力、对艺术的理解力都不是一朝一夕可以获得的,它需要长期的艺术熏陶和对于艺术素养的培养和学习。当去电影院不再是为了欣赏电影，而纯粹是人们茶余饭后消遣娱乐的地方，电影艺术给观众带去的静心、审美享受、精神升华的功能意义自然就被淡化了。

"文学电影"由于其新型的结构形式、异化的修辞手法，使观众在接受时产生了一种陌生化的观影体验。由于它在接受美学的体例上有一定的陌生强度，在文本符号转换接纳上就需要受众具备一定的阅读基础和阅读能力，同时要求受众具备较高的文学素养和理解力。缺乏一定的文学功底，也就缺乏理解"文学电影"的根基，在电影叙事本体的框架之外，很难读到"言外之意"，无法品味出其中的深层意境。"文学电影"在目前还处于先锋类电影书写类型，处在电影艺术的塔尖。观众的阅读理解水平实际上普遍落后于目前"文学电影"的创作与表达水平。一种新型的电影形态，必然会使得观众或多或少出现"观影不适"。想要跳出传统的电影解码体系，脱离原本的读解框架，颠覆原有的对于主体、客体、情节符号、认知模式等的认识方法，找到新的审美方式和参照体系，绝非一朝一夕可以成功的。缺乏专业的审美方面训练导致我们的电影市场也缺乏相应的文化底蕴，也就导致了商业娱乐片无限的模仿复制和"文学电影"的小众化的生存境况。

"文学电影"缺少受众的一个重要原因在于其过于专业的镜头语言表现。曲高和寡的情况并不少见，一方面由于观众的电影媒介素养与电影本身的艺术发展并不同步；另一方面，在部分"文学电影"创作中，为了追求艺术语言的极致化，并没有很好地阐释当中的文化内涵；此外，部分电影导演创作过于符号化，而忽视了作为故事表达的电影的情节叙事。沦为情节表述的电影叙事往往淡化或者模糊了原有的创作中的意蕴含义。缺失核心主题或者是文学母题意义表达的"文学电影"，很难让观众从中理解或体验到具有意义价值的叙事。

(三) 创作水平偏低

作为电影的创作者,编剧和导演承担着主要的电影建构工作。将文学改编成电影,将文字转化成影像,不仅需要精通电影语言的运用,更重要的是要有丰富的生活阅历、深厚的人文素养,懂得取舍和融会贯通。在表达个人风格、进行实验创新的同时也要考虑到普通大众的观影习惯和接受水平。关于电影的意义没有永恒的真理,只有以某种方式阅读它们的传统,电影语言的逻辑规则与文学语言毕竟有根本性的区别,要想将文学性成功注入电影之中,必须要在尊重两种不同艺术门类的差异性的基础之上进行探索。

贝拉·巴拉兹已表明,影片表面看来是戏剧的孪生兄弟(因为事件表现为演出,事件的演出是即时的并由演员们表演的),其实它更接近小说,在影片连续的画面中,一个不可见的叙述者在观众眼前展示事件,就好像小说家讲述他人的事件一样,小说叙事运用连续的句子,从作者直接向读者传达。但如果片面把小说叙述者等同于电影叙述者,则会走向一个误区,忽略了蒙太奇对于影片的加工创作。许多"文学电影"过多强调文学的第一叙述者机制,试图以文学作品中作者的角度,模仿作者书写的口吻来创作电影,其结果并不理想。例如许鞍华的《黄金时代》中有明显的将文字书写的语句通过演员直接口述的片段,全片以萧红口述自己的生平开始,以萧红口述自己的著作《呼兰河传》结束,这种叙事方式尽管是一种风格上的创新,但不得不承认,它对于蒙太奇和视听语言的综合运用不尽如人意,对于文学叙述的借用过于生硬,很难使观众产生共鸣。

文字叙述是"独唱"的,因为它只有文字一种媒介材料。而电影叙事拥有文字、画面、音乐、音效、话语等至少五类材料组合叙述。电影叙述机制相较于文字叙述机制更为多元化和生动化，但也更为具象化、直接化。许多电影为了渲染文本风格，突出文学性，加入过多晦涩难懂的文学对白，过分强调文学性的同时伤害了电影的本性，低估、忽视了电影中其他叙述材料例如音乐、音响的表情达意功能，导致"文学电影"过犹不及，成为"四不像"。

中国电影市场的飞速发展有两个主要引擎：一是影院基础建设，二是电影本体。当今中国票房 2000 万以上的成熟院线已经有 39 条，几乎所有一、二、三线城市都配备有电影院。影院硬件设施日益精良，音响、画质、座椅、影院环境都有了质的飞跃。良好的观影环境对于电影事业发展的帮助是显而易见的，越来越多的普通大众将走进影院欣赏电影作为日常生活必不可少的一部分。相较于硬件设施的发展，另一个引擎——电影本体——的发展明显动力不足。在理想状态下，制片方对于电影本体的垄断和传播渠道的垄断相匹配的情况下，电影内容本身的好坏才是决定票房的根本因素。套用哲学上最常见的一个原理，外因是事物发展的条件，而内因才是事物发展的根本原因和动力。尽管电影审核政策不完善、市场经济导向偏差等因素对于电影艺术的发展都产生了不良影响，但不得不承认，我国电影创作整体水平还是较低，编剧专业素质参差不齐，导演对于电影语言、电影观念的理解还存在偏差。"文学电影"的发展过程就可以反映出当今中国电影市场电影本体创作上的诸多问题。

电影发展不过百余年，相较于其他艺术门类，电影艺术尚是一门年轻的艺术。在电影艺术发展以来，从对其他艺术门类的借鉴到电影独立为一门艺术，经历了漫长的过程。在电影的独特性树立起来之后，电影在其独特的语言表现与内容挖掘方面，还有很漫长的路要走。"文学电影"无论对于创作者还是观众而言，都在艺术审美价值上有较为严格的要求。从创作维度、传播维度以及观众的体验维度来看，目前我国的"文学电影"还存在不少问题,也有很大的发展空间。

电影创作需要团队来共同完成。团队创作中,各成员的审美水平参差不齐,容易影响电影的最终效果。同时,"文学电影"的创作需要深厚的文化功底和电影专业素养,在改编过程中,不仅需要对文学原著及其文学母题进行理解,也需要结合具体的情节发展来进行自我阐释和认知。在电影创作中,需要熟悉运用蒙太奇的电影创作思维来对"文学电影"的主题进行表现。总体而言,创作者个体对于"文学电影"的创作与阐释起着至关重要的作用。

我国电影发展总体滞后,主要是起步晚,缺乏原创作品,还需要进一步培养创新意识。在电影创作人才的系统化培养上,也需要进一步的努力。创作者的文学素养、电影专业素养以及诸方面合作的培养都直接关系到电影的质量。当前出现了一部分叫好不叫座、曲高和寡的电影,可能是因为创作者在文学母题的阐释中,只关注自我表达,而缺乏与观众之间的电影化的交流,这样并不适合电影尤其是"文学电影"的发展创作。"文学电影"作为高雅、优质的代名词,并不是说需要曲高和寡、自我欣赏,而是需要成为打通精英文化与大众文化之间的桥梁。

三、"文学电影"的未来之路

(一)创作专业素养提升

"文学电影"对于人性的阐释,多是借鉴了文学作品对于主题叙述的结构模式方法。例如《黄土地》中翠巧对于"公家人"充满向往,最终却绝望自杀;顾青对于革命满怀信心,最终却徒劳无助,连一个淳朴的生命都无法挽救。这种对于人性的拷问,对于心灵的直面冲击,只有"文学电影"才能达到足够的艺术深度。

当然，文学的载体是文字，电影的承载体则是声画影像，文字叙述是先抽象后形象，而后者恰恰相反。两种不同的载体想要综合成一种符号传播系统，必然存在许多短板和技术困难之处。浓厚的文学性导致"文学电影"对于电影性、戏剧性的排斥，许多"文学电影"虽然极力尝试运用镜头像文字般书写影像，追求深度和内涵意蕴，却忽视了电影毕竟是一门大众艺术、视听艺术，一部优秀作品必须考虑大众的接受感知程度。想要拥有讲好故事的能力，必须同时把握文学性与电影性。"文学电影"的崇高感，绝不能脱离对于人性、人生境况的深刻思考。脱离了对人的思考，脱离了对生命的刻骨描写，电影只会是一种奇观展示和感官刺激。如《城南旧事》中导演借由童年英子纯净的双眼展示了整个特定历史条件下的社会状况、人生百态，也对人性善恶的评判标准进行了深入的思考。再如《红高粱》中对生命的自然形态的表现、对酣畅淋漓的人性之歌的表达，是通过一个个"野合""酿酒""出酒""剥人皮"等仪式化的戏剧性和表现力都很强的情节完成的。历史文化寻根是我国第五代导演的一个重要创新和突破口，他们运用当代意识，从理性和非理性两方面进行剖析，造就一种历史学的论文意义的电影创作，他们的叙事母题，以及对于民族性、人性的思索带有明显的纵深感和历史感。第五代导演注重将文学中的情感表达方式作为一种书写影像的工具，结合电影语言进行创作。在不损害文学性的情况下，电影始终需要电影性的表达才能更加巧妙、直观地讲好故事。

纵观中外，优秀的影片往往是具有强烈文学性的。即使是在以娱乐杂耍著称的好莱坞，电影导演、编剧们也从来不敢低估文学对于电影的作用。在娱乐的外包装之下，好莱坞电影对美国价值观、人文观进行了隐秘灌输。作为群体交际构成主要模式的价值观，是文化中最稳定也最深层的部分，最易取得大众的认同感，同时也支配着群体的行为和观念。要想做到润物细无声、潜

第四章 "文学电影"的困惑和启示

移默化地把美国梦、强国梦、英雄梦等典型的价值观念传播给观众,仅仅靠程式化的情节和大场面的娱乐视觉刺激是远远不够的。编剧导演们还必须借助文学作品中的种种修辞、表意方式和叙事手法,让观众在被影像奇观吸引的同时,心灵上还能感受到更深的触动。一名合格的电影编剧不仅要接受专业的电影镜头语言和编剧课程的学习,还必须要掌握大量的文学知识,要有相当高的文学素养。例如电影《色戒》,不仅把小说中的情节通过电影理清了脉络,更难能可贵的是运用丰富的想象力和创造力,在对原著正确理解的基础上润色加工,添加了诸多精彩的细节,将张爱玲小说中复杂细腻的情感完美诠释了出来。除此之外,还有《霸王别姬》《集结号》《太阳照常升起》《鬼子来了》等作品,其电影的艺术水准都超越了原著。想创作出成功的"文学电影",较高的文学素养和对于电影艺术的精准把握缺一不可。中国电影想要走出创作困境,真正做到百花齐放、推陈出新,必须要做到尊重文学,重视文学性在电影中的运用。创作者要能将电影的修辞手段与文学修辞手段相结合,突出一种辉煌诗性的人性体验,挑选出适合表达的主题和适合渲染的诗的意境,以人文精神作为"文学电影"的灵魂,对电影文本的风格气质进行正确把控。

在"文学电影"的创作者培养中,不仅需要注重从业人员的电影表现基本功,还需要在文学的创作中完成对文学母题的阐释,其中,视听语言符号的核心关键在于,在叙事情节的基础上,需要运用镜头语言的表现手法完成对主题的隐喻象征。因此在创作中需要建构一个具有意指功能的语言符号体系。"在符号学中,我们所看见的第三个名词,只不过是前两个名词的关联。它是唯一允许以完整的方式看待,以确然的事实所消耗的对象。

我称之为意指作用。我们可以看到，意指作用就是神话本身。"①在"文学电影"创作中，这一类电影创作趋势的关键核心在于，需要通过一系列的具有指向性的意指功能的意义型够才能完成在电影创作中对内涵的深度拓展。

创作者对于"文学电影"作品而言非常重要，在视听语言的实际生成与意义生成中，创作者在对"文学电影"的意义深度和内涵建设上有着至关重要的核心作用，因此在电影创作的实际培养中需要从个人专业素养和团队协作素养两方面来进行把控。在电影的整个创作环境中都需要完成对电影总体风格的把控，需要重视对每个环节的专业创作人员进行人文精神与人文素养的培养。

（二）舆论引导和概念普及

我国的电影评论人员主要分为与主流意识形态相关联的官方代表影评人、高校中专业学习研究电影理论的学院派、在电影媒体行业就职的从业人员、业余影迷等几大类。

其中与主流意识形态相关联的职业影评人普遍参与国内主流电影荣誉奖项的评选，他们对于中国市场当下电影的宏观风向控制最有力度，影评也最具权威性，发布渠道和受众面都最广。以高校科研院所内从事电影研究的学生、教师为代表的学院派，其理论水平较高，影评质量也普遍较高，对于电影的理论分析功底扎实。但不足之处在于学院派对于普通大众的影响力很小，他们的影评多数是作为学术交流和科研成果在学术圈内传播，对于电影市场的实际引导力在短期内很难看到。电影媒体从业人员处在电影产业的第一线，对于电影的制作生产、营销传播都有翔实的一手资料和相对可靠的话语权，但他们的观点有很强的主观性，

---

① 罗兰·巴特：《神话——大众文化诠释》，许蔷蔷、许绮玲译，上海人民出版社，1999年版，第180页。

第四章 "文学电影"的困惑和启示

由于这个群体中本身包含许多电影制片人、电影导演等电影的制作者,所以他们的评价很容易牵扯到营销、票房等商业利益问题。因此,电影媒体从业人员对于电影的评论一定程度上存在缺乏客观性和公信力的问题。此外,还有一个数量庞大,日益崛起的影评人群体,那就是业余影迷。尽管这部分人的影评质量参差不齐,对于中国电影发展的宏观评判能力也较为欠缺,但是随着影迷数量的激增,豆瓣、迷影网、猫眼电影、微博等互联网交流平台的迅速推广应用,越来越多的影迷开始热衷发表和交流影评,其中不乏优秀之作。业余影迷的影评由于数量巨大、内容通俗易懂、传播范围广、时效性高,其实际影响力不容小觑。

以上几类影评群体并不是完全界限分明的,他们的影评质量和对于电影事业的影响也各不相同,但总的来说,中国影评界目前存在两个较为严重的问题:第一,电影评论过多参与到了电影产业链中,成为影片宣发机构中的一部分。一旦电影评论与商业票房挂钩,公信力就不复存在。比起商业电影的大投资推广营销,"文学电影"与文艺片、纪实电影等艺术类影片本身在资金上、舆论引导上就存在弱势。一旦职业影评人,或是主流媒体受到影响,缺乏自我立场,对于公众的引导就会有失偏颇,对于小众电影的生存发展也极为不利。第二,电影评论普遍质量不高,主要表现为客观性不足,存在过度解读和情绪化的问题。影评涉及电影分析与文学写作两个方面,这两大方面的水平都有优劣之分。当下对电影的评判标准缺乏理论深度,容易过多地将个人品位与喜好掺杂进去。

"文学电影"对文学评论的依赖性远远高于商业电影。文学评论以一种专业的角度来引导观众的电影观看,具有独特的指导作用。文学评论在电影创作中的关键作用在于对观众观看电影之后的引导,以及对电影内容的解码。文学评论中除了对内容情节的解释和创作动机的解释之外,还对电影的总体观感提出具有重要的倾向性意见。在媒介生态信息传播迅速的当下，文学评论的实际效果和意义生成都非常重要。因此在观众观看之前，文学评论往往具有重要的期待视野建构的作用。对"文学电影"的观看选择，很大程度上取决于观众在观看前从文学评论中了解到的内容和信息。其次，在观众观影中和观影后，由于"文学电影"内容的多重隐喻含义，需要借助专业的电影评论人或者是电影观看爱好者的评论来进行引导。文学评论一方面能够引导观众在观影前形成期待，并在观影过程中帮助观众完成电影的叙事内容的理解；另一个方面，在观看之后，观众的观看体验需要在文学评论的阅读中得到肯定。在"文学电影"的传播过程中，需要文学评论的积极引导。

诚然，电影评论是个人意志的产物，每个人都有权表达个人看法。但评论家的任务是通过对比和分析作品为观众消费提供参考和引导，他们的意见和评判将直接影响某一部电影甚至是一类电影的发展。影评人，特别是职业影评人，在进行局部个体评价的同时也要站在宏观大局的角度，避免过多的个人情绪宣泄，提高电影评论的文学水平和理论素养。对于新的电影类型，要用开放的眼光进行分析解读，从电影的技术发展、叙事技巧、风向转换等方面对大众进行引导，不能随波逐流，人云亦云。

（三）审美价值观的纠正和重塑

身处经济高速发展的当下社会，人们逐渐将"娱乐至死"作为填充精神世界的原则口号，失去了对人性的思索能力、探索自由的情怀和理性批判的精神。文学的边缘化和技术主义、后现代主义的侵袭使得年轻一代对于文学愈发冷漠生疏。每年数以百计的好莱坞类型片冲击着国内电影市场，我国的电影创作者在学习好莱坞商业娱乐片的同时，囿于程式化、肤浅化的机械复制。无论是剧本创作、情节设置、演员表演、对白台词、表意渲染等环节，都呈现出一种令人担忧的急功近利感，甚至有些影片为了追求票房利益，大肆植入广告，忽略叙事能力而全力打造视觉奇观，置电影本体的艺术性和创作规律于不顾，粗制滥造，不求上进。在这样一种大环境下，大批的观众无法获得良好的观影体验，久而久之，受到这些单调、肥皂剧般的电影文本影响，自觉或不自觉地产生了对这类影片的习惯与认同，欣赏水平逐步下降，思维惰性愈发严重，以至于无法理性、主动地参与电影建构，无法接受新型电影文本系统的阅读方式。电影的粗制滥造影响和抑制了观众的哲理思辨能力和电影审美水平。反过来，观众愈发单一肤浅的审美口味又鼓励了更多毫无新意、机械重复的商业娱乐片的扩大生产，同时打击了先锋艺术影片的创作积极性，压缩了它们的生存空间。

事实上，对于观众（特别是中国电影观众）的电影审美水平和理解能力并不必过于担心。俄罗斯艺术家瓦西里·康定斯基对于艺术的发展方式曾经提出一个很有趣的金字塔艺术理论。艺术的发展并不会是线性、直接的，而是金字塔形的叠加式上升。而对于电影来说，塔基是每年生产的不计其数、偏向平庸的商业娱乐片。而站在塔尖的，则是占极少数的先锋电影、艺术电影与"文学电影"。有声电影产生之初，大批电影观众习惯了看字幕和画面，以至于无法接受声画同时出现而在观影之时蒙住耳朵；蒙太奇产生之初，许多剪辑手段在当时都是不被理解和认同的。这些在当时被认为是充满质疑、极为小众和先锋的电影手法，在今天看来是如此的平常。观众的审美能力和电影的发展，是相互扶持、共同进步的，许多在今天不被看好的电影手法，也许在不久后的将来就会获得观众的接受。同时，电影的飞速发展，也使得观众拥有了前所未有的丰富观影经验，随着阅片量的上升，观众对于影片质量的要求，自然也会逐步提高。

"文学电影"的审美价值纠正与重塑，一方面需要对创作者的电影美学价值观念进行重塑，另一方面需要对观众的审美价值建构进行纠正。在"文学电影"的创作过程中，美学价值的实现需要依靠观众对隐喻的理解。在整个过程中，对隐喻符号的建构与意义解读是整个流程中的重要环节。

电影的美学价值建构，需要理清"文学电影"的价值建构与其他创作趋向意义的价值建构的区别。在文学价值的建构中具有独特的与其他类型不相同的内在含义。因此，在"文学电影"的创作中，需要完成对电影价值的独立审视。"因为我们眼睛与摄影机的镜头是一致的，所以我们的视线与另外一些人物的视线是合一的 他们是用我们的眼睛看一切。这就是所谓的合一的心理行为。"① 观众理解电影的关键就在于对电影中的核心意义的解释和了解。因此，创作者在镜头语言建构中，需要考虑观众的接受程度和理解能力。

"文学电影"的美学价值的渗透涉及电影的每一个制作环节。"我们已经承认以下种种是电影的新的表现方法：1. 把场面分成一个个镜头，即细节画面。2. 在同一场面内变换方位和角度。3. 观众与摄影机的'合一'。4. 特写。5. 蒙太奇。"② 美学的价值审视渗透在电影的每一个表现方法中，画面中的结构具有典型的文学艺术性特征。在其中需要通过具体画面中的"物"和"人"的表现，以及人与人之间、人与物之间的互动来完成对隐喻的象征。在电影作为活动图像的动态画面语言中，场面的转换和场面的建构、组接等每个环节都是美学价值的型构。在摄影机的运动中，同一个场面内的摄影机的调度，镜头的景别、角度都是被精心设计的，在一个整体的风格营造之中，需要完成美学价值的隐喻生成与试听符号系统中的意指功能。其中，特写作为一

---

① 贝拉·巴拉兹：《电影美学》，何力译，邵牧君校，中国电影出版社，1978年版，第37、38页。
② 贝拉·巴拉兹：《电影美学》，何力译，邵牧君校，中国电影出版社，1978年版，第159页。

种被创作者所强调或者所特殊引导的镜头语言,需要创作者在这种关键性的内容设计之中,完成重要的具有符号化意义的内容表意。"文学电影"与其他电影类型一样,很重要的一个部分在于电影的蒙太奇运用。电影中,蒙太奇风格的统一相当重要。同时,在电影镜头的前后组接之中,需要完成一种文学化风格的统一与协调。在"文学电影"传播的最后一个流程中,也就是观众的解码中,观众与摄影机的"合一"并非只靠观众的努力,而是需要创作者与观众共同努力。在影片创作的前期,创作者需要充分了解受众的期待视野。

在文学与电影的跨门类区别之中,与作为发声话语的重要对象的人紧密相关的是"对白"。在叙事情节的推动与人物的塑造中,对白有很大的作用。"对白不是对白片的一个独有特征;在戏剧和史诗里,对白是一个古老得多的同时也是重要得多的组成部分,但是,上面提到的电影艺术的几个基本形式却对其他独特的新规律起着决定的作用,这些新规律是使对白有可能被用于电影的根据,它们同时又赋予了电影对白以一种独特的新特征和种种独特的效果。"[1] 在对白之中,语言能够承载更为独特的核心叙事功能。电影和小说作品的对白存在差别,电影中的对白是人声完成的视听语言的对白,但是小说中的对白是通过文字来完成的美学价值生成。"虽然电影艺术的形式和语言已经具有一种非凡的表现力,但在过去二十年中,它几乎没有过什么发展。这二十年来,人们更多注意的是内容,而不是形式。直到第二次世界大战结束以后,有声电影在形式方面尚未被发掘的可能性似乎才开始有的新的发展。"[2] 因此在美学价值的建构之中需要充分完

---

[1] 贝拉·巴拉兹:《电影美学》,何力译,邵牧君校,中国电影出版社,1978年版,第160页。
[2] 贝拉·巴拉兹:《电影美学》,何力译,邵牧君校,中国电影出版社,1978年版,第284页。

成对独立艺术特性的美学价值理解和审视。不能单纯以普遍的美学价值来理解和审视艺术作品创作中的意义价值。在对"文学电影"的主题理解和阐释之中，还是需要通过对美学价值的不同认可来完成的。在"文学电影"的创作中，既要清楚地理解文学作品的人文精神，也需要完成从文字符号到视听语言的转换，通过"文学电影"的视听语言符号来完成价值审视。所以，在具体的创作活动中，我们需要从两个维度来理解文学母题的精神阐释与符号意义。

但是从总体上来讲，电影审美价值风格的重塑是对电影总体风格上的美学价值的建构和阐释。总体风格的统一和意义书写代表着真正意义上美学的编码完成。"在电影化的形式和语言初次出现之后，各种不同风格和艺术形式便开始在电影艺术范围内发展起来。与电影风格有关的一些问题是非常有趣而且非常重要的，因为这些这些问题的社会根源和社会意义在电影中较之在任何其他艺术手段中更为显而易见。"[1] 所以艺术风格无论是对于电影还是文学作品都至关重要。电影中的手段表现与风格表现都是实现美学价值的重要手段，所以既要在细节和总体风格上完成对美学价值的把控，也需在"文学电影"的各方面阐释中运用人文精神和文学主题内容来完成对整体内容的把握。

（四）政策扶持和帮助

近年来，中国电影工业的发展有目共睹，在电影的创作数量、质量、理论研究，以及院线建设、观众培养等方面都取得了长足的进步。国家对于整个文化产业，特别是对于电影事业的扶持力度也逐年加大。应该说，中国电影正处在一个充满机遇的绝佳飞跃期。但目前中国电影工业的发展主要集中在技术层面，国

---

[1] 贝拉·巴拉兹：《电影美学》，何力译，邵牧君校，中国电影出版社，1978年版，第284页。

第四章 "文学电影"的困惑和启示

家对于主流电影、商业电影的技术、特效层面专项拨款偏多，对于艺术电影的扶持力度则明显偏弱。对艺术性的鼓励则一直停留在原则上，缺乏具体政策的支持。在2011年征求意见的《电影产业促进法》草案中，已经开始增大相关扶持力度。如第四条提到："国家保障电影创作自由，倡导电影创作人员贴近实际、贴近生活、贴近群众，鼓励创作思想性、艺术性、观赏性相统一的优秀电影。"第十四条提到："国家支持下列电影的创作、摄制：（一）弘扬社会主义核心价值的电影；（二）有利于未成年人健康成长的电影。"实际上，技术的发展对于中国观众来说确实更受瞩目，但在技术层面之上，电影艺术性的发展才是中国电影走出国门、走向世界的更好途径。电影是传播文化、传递思想的最佳手段，好莱坞就是通过每年成千上万的类型片向全球无形灌输了美国的主流价值观和思想理念。艺术电影个性分明，具有鲜明的作家电影的风范，相较于商业电影，前者可以承载更多的传统文化、人文内涵，也更适合超越本土，在世界范围内取得更多受众认同。

目前我国艺术电影的创作者多数为青年导演，他们有想法，有创新力，敢于尝试。但与庞大的商业电影市场相抗衡往往力不从心。拉不到赞助、没有充分的宣传企划、无法聘请明星助阵、影院档期难排、票房成绩堪忧……在此情形下，国家对于艺术电影的重点扶持就显得格外重要。具体来说，国家目前对于"文学电影"或者说整个艺术电影的扶持可以集中在三点上：第一，对于商业价值较弱、电影本身具有较强的艺术性和个性化的小成本电影设立专项基金，出台扶持政策。由电影创作者提交申请，设立专门机构用以审核剧本，对于文学性、艺术性俱佳的作品予以相应拨款资助，用于后期拍摄。鼓励电影创作百花齐放，保证艺术电影的片源数量和质量。第二，设立艺术影院，以点带面，先在一线城市设立半盈利半公益性质的艺术影院作为试点。目前我国的百子湾艺术影院、北京电影资料馆（小西天艺术影院）以及散落在各个城市的民间电影艺术沙龙，某种意义上都算是艺术影院的雏形。中国电影观众的品位在逐步上升，艺术电影的受众肯定存在并且会逐渐增加。在各个商业院线可以设置一至两个艺术电影播放厅，播放中外经典艺术电影，举办专题活动，在票价上予以降低。艺术影院的设立旨在培养特定观影群体，避免商业电影在院线排档上的挤压，给予艺术电影相对独立自由的发展空间。第三，放宽电影审查机制。1993年《电影审查暂行规定》（广电部令第9号）、1996年《电影管理条例》（国务院令第200号）、1997年《电影审查规定》（广电部令第22号）、2001年《电影管理条例》（国务院令第342号）均对电影审查做出了明确规定，禁止载有的内容也不断调整和完善。而2006年《电影剧本（梗概）备案、电影片管理规定》（广电总局令第52号）取代之前的《电影审查规定》，明确指出："国家提倡创作思想性、艺术性、观赏性统一，贴近实际、贴近生活、贴近群众，有利于保护未成年人健康成长的优秀电影。大力发展先进文化，支持健康有益文化，努力改造落后文化，坚决抵制腐朽文化。"该规定详细列出了十种应删剪修改的情形。2007年，在全国广播影视抵制低俗之风的趋势下，广电总局和文化部、新闻出版总署联合发出《关于完善电影、电视剧类音像制品内容审查制度的通知》，并发出《关于重申禁止制作和播映色情电影的通知》，内容审查和管理的力度进一步加大。国家对于电影审核的细则在逐步规范和完善，但后期执行的时候却过于死板教条，由此带来的负面影响也不容忽视。艺术电影的表现对象和表达手法包罗万象，"戴着脚镣跳舞"不利于导演充分展现才华、表达个人思想。一些优秀作品由于种种原因在审核过程中被删减修改，或者根本无缘面世，这大大伤害了电影的完整性和艺术感。从长远来看，国家在对于电影艺术的某些观念和评判标准上是否应该更加开放、更加

第四章 "文学电影"的困惑和启示

多元化一些？电影分级制究竟在中国能否可行？这些问题都值得我们思考。

（五）精英文化与大众文化的审美并重

"文学电影"的一个重要特质在于其具有经典文学中的高雅主题。在精英文化与大众文化的艺术通道中，电影具有重要的角色作用。精英文化的话语表达在电影中主要的手法是通过隐喻等方式来完成对主题的阐释。晦涩难懂的隐喻与自由意志的表现经常给精英文化电影蒙上神秘的面纱，在观众的期待视野中对"文学电影"就存在审美偏差。"文学电影"成为一种标签式的心理印象，在电影的大众传播发生前就影响了电影的发展。

在一些独立影像的制作中，也能发现类似的问题。独立影像在诸多手法上与"文学电影"相似，许多独立影像本身也属于"文学电影"的范围。在当前科技发展与电影技术不断融合的背景下，如何契合大众文化与精英文化，是重要的命题。商业电影与艺术电影的区分代表了两种艺术的追求，但这并不意味着两者是冲突的，"文学电影"恰恰能够也可以完成精英文化与大众文化的结合。"当前我国的影视格局处于精英文化、大众文化、主旋律文化'三元合一'的状态，这种状态也被影视界视作评判作品好坏的最可靠标准，因此那些具有反思性的独立影像便是对此种格局的反叛。陈思和把当今文化格局的三元比作庙堂、广场、民间，认为精英文化由于固有的威望和知识资本，主旋律文化和大众文化都还会受其影响以及对其产生依赖，因此它仍处于'广场'的位置。这也就使得影视格局仍然三元互相联系、斗争，独立影像作为独立意识的传达器难免被精英文化和大众文化（或通俗文化）所共同掌控，它即是大众生活发声的途径，也是青年导演传达自身艺术和思想倾向的途径。"① 在这样的影像格局与样态之中，大众文化与精英文化之间的辩证处理需要创作者仔细衡量。在大众文化的传播中，更多的是关注电影的效果传播，以及观众在电影观看之中所获得的满足与娱乐。在精英文化的表现过程中，固有的威望与知识资本不仅在期待视野中让人望而生畏，在内容表现上普遍观众也较难理解。

在《白鹿原》的电影改编之中，家族与时代的文学母题本身在电影的创作中，完成了一次新的电影创作者的解读。这种解读直接推动了电影二次创作中的内容文本再生成。文学精神本身的意蕴与内涵在实际的电影镜头语言呈现中是否完成了一种叙事的达成？这需要从两个维度来考量。第一个维度是作为精英文化的文学母题是否在电影中得到展现，并且有效地传达给观众；第二个维度是我们需要考量作为大众传播媒介的电影本身，在大众文化的传播中，是否完成了传播流程以及传播效果中的大众文化传递。在第一个维度中我们仍然需要回到文学母题的电影阐释中来。文化与人文精神的阐释是文学作品与电影作品中应有的。在《白鹿原》中涉及传统的伦理道德的描绘与阐释，"父本位"在传统的家族体系中是家庭伦理的核心关键。对父权的绝对肯定、绝对维护、绝对强化不仅是家庭伦理，而且扩展为整个社会的政治伦理。当我们讲到孝本位、父本位的时候，不仅是一种伦理观念，实际上是一种家庭制度关系，是与此相关的一种制度理论。父本位的制度关系、制度理论含有价值的、道德的、伦理的方方面面的理性与精神基础。它本身成为传统，又以更广泛的传统做基础。父本位是人类潜意识中原始社会某一阶段绝对父权记忆的再版。在某种意义上，它是整个封建中国社会维系其整体存在的

---

① 吕叶：《在大众文化与精英文化夹缝中生存的独立影像——以独立制片人周浩为例》，《视听》，2018年第9期，第75页。

核心。在这种传统伦理的表现上,文学原著可以用单一的文字较为清晰地描述在白鹿原中白嘉轩的家族地位。但是在"文学电影"中,如果使用过多的旁白,不仅不利于人物塑造,还会消解电影本身的艺术品质。电影需要用镜头语言的视听来对这种简单的伦理关系进行说明。在"文学电影"之中,对关键性的伦理文化的表现与说明是不可摒弃的,但是过多的渲染与说明又容易干扰对主题的理解与阐释。

精英文化的表达需要建构一个符号的价值体系,或者建立与大众文化相通的解码方式。但是并不是说大众文化本身不存在问题。大众文化的表现中也不可缺少对文化隐喻价值的描写与隐喻系统的建构。所以即使是在大众文化、民间文化的影像创作之中,依然存在着诸多的创作型的问题。比如在电影《百鸟朝凤》的创作中,电影既是对中国民间乐曲的观照式书写,也表达了导演对当前文化遗产保护的忧思,以民间乐曲为叙事主线完成对唢呐艺术在时代变迁中的书写与解读。唢呐作为一种传统的中国乐器,其本身也代表了一种民间文化。在这种民间文化发声背后是一种文化在时代变迁中的衰落与颓败。在该影片的表现中充分借用了一种隐喻非符号系统。在索绪尔的符号学中,定义了符号的能指与所指两个概念。在单一的表意系统中,索绪尔的能指与所指能够清晰地解释电影作为视听符号的意义。但是在更深层次的意蕴的区分之中,索绪尔的符号概念已经很难解释电影本身的内在含义。但是从罗兰·巴特的阐释中我们更偏向于认为在"文学电影"的影像符号建构中,需要走向神话的符号建构体系。在这种走向神话的符号建构体系中,我们内在的核心是运用视听的电影影像语言来完成对现代神话的阐释与视听符号系统的生成。神话本身是一种被描述的言谈,在现代神话之中,言谈的形成并非仅仅是一讯息体系,还涉及文本在传播中的编码与解码。精英文化本身拥有一套固有的权威式的符号解释系统,在这个系统之中，精英文化完成对信息的意义生成解读与传播。

这也是"文学电影"作为视听符号所需要建构的现代神话语言体系。"这种言谈是一个讯息，因此绝不限于口头发言。它可以包含写作或者描绘；不只是写出来的论文，还有照片、电影、报告、运动、表演和宣传，这些都可以作为神话言谈的资源。神话既不能依其客体，又不能依其素材定义。因为任何素材都可被任意赋予意义：有人就带箭出现以表示一种挑战，这也是一种言谈。"① 在电影作为一种言谈的神话意义中，"文学电影"具有先天的优势。"文学电影"本身深刻的人文内涵与电影中系统化的隐喻符号表意体系，能够为电影主题阐释与情节叙事带来独立的特征。在"文学电影"的建构中，主题的神话符号建构为电影叙事带来了新的内容与视野。在对"文学电影"里精英文化的理解和型构中，需要首先理清神话的内涵。在对神话含义的论证中，最为核心的概念来源于索绪尔的符号学理论。"神话学是种言谈类型的研究，只不过是40年前索绪尔以符号学为名主张的广大符号科学种的一部分。符号学尚未成形，但索绪尔本人（有时不包括他）及所有当代的研究，经常被指称为意义的问题：心理分析、结构主义、直观现象心理学，以及巴谢拉尔首创的文学批评新类型，除了被赋予意外，和事实不再相关。现在，要主张一种意指作用即是求助于符号学。"② 在神话学建构的最初我们可以确定的是，我们需要从符号学的维度来探讨和理解这种所谓的神话意义建构。从神话学的角度研究"文学电影"在大众文化与精英文化中的意义建构与文化符号，我们还需要明了的是"文学电影"在内容的意指中与其他电影的不同。"符号学是一种形式的

---

① 罗兰·巴特：《神话——大众文化诠释》，许蔷蔷、许绮玲译，上海人民出版社，1999年版，第168页。

② 罗兰·巴特：《神话——大众文化诠释》，许蔷蔷、许绮玲译，上海人民出版社，1999年版，第170页。

第四章 "文学电影"的困惑和启示

科学，因为它除了内容之外还研究意指作用。……符号学就不再是一个形而上学的陷阱：它成了众多科学中的一种，必要但不足够。重要的是，解释的统一性不能奠基在方法上一刀切，而是恩格尔说的，奠基在它所利用的特别科学的辩证调和上。神话学的状况是如此，就其为形式科学而言，它是符号学的，就它是历史科学的范围而言，它是符号学的，就它是历史科学的范围而言，它又是一种意识形态：它研究形式上的理念。"① 在电影的情节推动和主题表达方面，理念范式对精英文化的阐释与说明起到了一个导向的核心作用。这种范式建构本身作为标志性的理念组成了"文学电影"发展的总体形态。"任何符号学都主张一种介于能指和所指之间的关系。"② 在能指与所指之间的关系建造和说明中，能指是"文学电影"中客体的视听关系的实际表现，而所指的意义表达与指向是对视听背后的意义阐释。不同的视听符号的所指所表现的意义与其之间的关系实际上形成了意指的作用。形式化的理念需要通过视听图像符号来完成所指的意义不断的指向，从而完成意指作用。"当然，无论多频繁地形式化，这个三度空间的类型以不同的方法实现：因此你可以不断谈及符号学只有在形式的层次上才有协调性，不是在内容上；它的范围是受限的，它只知道一种操作方式——阅读或解码。"③ 在电影的精英文化的符号系统体系形成的整个过程中，如果我们以结构主义的方式来看这种符号化的形式特征，那么在整个完整的结构之中，必然要将观众的解码过程牵扯进来。所以，大众义化在这个维度

---

① 罗兰·巴特：《神话——大众文化诠释》，许蔷蔷、许绮玲译，上海人民出版社，1999年版，第171页。
② 罗兰·巴特：《神话——大众文化诠释》，许蔷蔷、许绮玲译，上海人民出版社，1999年版，第172页。
③ 罗兰·巴特：《神话——大众文化诠释》，许蔷蔷、许绮玲译，上海人民出版社，1999年版，第172～173页。

上很容易就进入了文学研究的领域或者范畴之中。大众文化和精英文化在整个符号系统的整体结构过程中，承担了不同维度的文化意义与符号完成的任务。

如果说在观众对符号体系的解读过程中，编码和解码至关重要，那么我们需要从一个完整的编码-解码流程来考察文化维度的"文学电影"生产。其中我们需要从"文学电影"中与人文精神相关的维度来考察神话意义生成。"在神话里，我们再度发现刚刚描述的三度空间类型：能指、所指和符号。但神话是一个奇特的系统，它从一个比它早存在的符号学链上被建构——它是一个第二秩序的符号学系统，那是在第一个系统中的一个符号（也就是一个概念和一个意象相连的整体），在第二个系统中变成一个能指。我们在这儿必须回想神话言谈的素材（语言本身、照片、图画、海报、仪式、物体等等），无论刚开始差异多大，只要它们受制于神话，就被简化为一种纯粹的意指功能。"① 在这个层面上，"文学电影"的单纯意指功能的指推并没有延续到神话的功能。这也是我们之前所分析的文学母题空洞的一个根本原因。在编码中纯粹意指作用被简化，随后在解码过程之中，走向意指功能的纯粹化和个人化。

对于前述的纯粹意指功能阶段，"神话在它们身上只看到同样的原料；它们的单一性在于它们都降为单纯的语言的地位。无论它处理的是字母还是图像的写作，神话只想在其中见到整体符号，一个全面的符号，第一个符号学链的最终名词。也证实这最终名词，变成它所建立较大系统中的第一个名词，它只是较大系统中的一部分"②。秩序符号的指向是不断延伸的，这种延伸对

---

① 罗兰·巴特：《神话——大众文化诠释》，许蔷蔷、许绮玲译，上海人民出版社，1999年版，第173页。

② 罗兰·巴特：《神话——大众文化诠释》，许蔷蔷、许绮玲译，上海人民出版社，1999年版，第173页。

于艺术作品而言，是生成其内在艺术美学价值的关键所在。这也是"文学电影"成为经典、意蕴深远的一个关键点。所以这个符号系统中的类型的空间化只是一个隐喻，通过不断的隐喻建构进而生成神话的意义。在"文学电影"中形成最终指向神话意义的原初文本内容，就是电影的视听语言符号。所以归根结底我们还是要回到对电影的图像文本的探索中来。

结　语

艺术的价值，终归要在大众之中体现。正是在这种双向互动之中，电影才能叠加上升，累积发展。今天，人们的精神需求不仅仅局限于感官刺激，而是需要有灵魂、有诚意、有温度、有趣味的审美感受。而艺术电影与"文学电影"正是大众获得高质量审美体验的最佳介质。

生活并非奇观，文化是每个时期藏匿在一卷卷文本中的价值体现，它包含人类的知识智慧、被普遍认同的价值观和人文精神。电影离开文化、文学，如同抽去灵魂的空壳，只能成为昙花一现的视觉奇观。既然早在一百多年前，电影就步入了艺术殿堂，那么它自然不仅仅局限于呈现浅表的视听影像，而是可以承载更多文学性、艺术性的内涵。用文学作为内核，通过电影的变形和延伸来影响我们的日常生活，这是大众体验现实世界、反思内心的另一种途径。世界是如此的斑驳、冗杂，当"文学电影"以新的姿态被创造时，就如同在世人面前悬挂起了一面巨大的电影幕布，五彩斑斓的灵魂可以在上面书写无限可能。文学，使我们在冗杂的世界中尽可能返璞归真，穿越冗杂，在无形的世界中去伪存真，看到更多的有形，在有限的自我探索中，勇于突破，走向更远的广阔天地。